二魚
文化

晾著。

林宜澐

目錄、

自序

林宜澐

十二月八日一早我出門走了一趟路。那天天氣陰陰涼涼，人少車少，一路上沒什麼聲音。我從南濱往北濱走，海的藍色隱約在視野裡躍動，那味道和迎面拂來的風的感覺，讓我在走動時不知不覺就像邋鞦韆那樣，把自己的思緒邋到自己無法掌握的地方。當我遠遠看到小山坡上的主教公署時，我想到很久以前民國路的良神父有次用流利的法國腔臺語，跟我抱怨前一晚一個女人穿木屐在他臥室樓上走來走去，害他一晚都沒睡好的事。稍後走過經濟部商品檢驗局的花蓮辦事處時，我記起一九八二年五六月的一個下午，我在這附近的公園幫一個吃棒棒糖的小男生拍了一張相片。那張相片還在，這沒問題，可是為什麼記得是這一年？因為那年英國和阿根廷打福克蘭戰爭，而我大姐剛移民阿根廷沒多久，那天吃晚飯時我媽問我阿根廷打得贏英國嗎？需不需要打個電話問一下大姐有平安否？

往事如煙，它們隨時在我的腦海裡如霧一般飄搖。而一旦像那個早上那樣低著頭專心走起路來，就更是鬼影幢幢，什麼有的沒有全跑出來了。這樣的過程像寫小說，我大半的小說都是在類似的搖晃狀態下寫出來的。那種感覺跟現實中歷歷分明的經驗頗有不同，大致上是想像與記憶的混合體，形上加形下的結果，介於精神和物質之間。像天使。

這本集子裡的小說記錄了這些年來生活中出現過的一些主題。這些主題平日或隱或顯融入在尋常日子的許多細節裡。有的如青春痘般清楚地讓你感覺到它的存在與不適。有的像酵母，在歷經一番神奇的作用後，將纍纍的葡萄化為芬芳醉人的酒汁，呵！原來生命如花籃，幸福就在波爾多。有些主題則難以避免地與現實纏鬥，只因為當今我們眼下這個熱鬧繽紛的社會，有太多讓我們困惑的現場，一齣又一齣行動劇般的新聞事件，每每不請自來就勾住你的魂攝住你的魄。庸俗如我，又豈能如得道高僧般捻花微笑，讓一切皆在不言中呢？

小說是一種promise，它承諾我們可以用恣意的幻想和描述對抗平庸無奇的海海人生，以建民國，以進大同，為自己創立繽紛燦爛的花花世界。或許提昇，或許沉淪，總之都想要以笛卡兒所說「我思故我在」的那個不可懷疑的主體勇闖天涯，要懂這個也要懂那個，什麼都想知道。這既天真卻又悲壯的願望誘發多少人投入這書寫的虛擬快樂中。但是，畢竟世界何其之大，人生奧義何其難解，「人們一思索，上帝就發笑」，既是如此，那我們可不可以也說，小說！何其蒼白的小說！

這道二律背反永遠無解，只會周而復始不斷重複。但這似乎也因此見證了人的自由。人可以寫小說，就表示人可以抵抗，抵抗記憶，抵抗慾望，抵抗平庸，抵抗歷史，抵抗你所不喜的哲學，抵抗任何你想抵抗的東西。

人非生而自由，卻因小說而解放，世事多擾，還有什麼比這更令人愉快的呢？

你的現場作品NO.2

你在車上睡得像隻冬眠的北極熊。三十分鐘咻一下過去，車子已經從鳳林來到花蓮市。你隱約聽到下個路口傳來的廣播聲，現在誰在講？康仙仔還是阿德固？就要到了，阿雄小心翼翼繞過路邊兩輛凸出來的摩托車，嘴巴忍不住罵了一聲「幹」。你撐開眼皮，朝窗外朦朧的光影看了一眼，這裡應該是中山路跟建國路交叉口附近，剎那間一個熟悉的影像閃入腦裡（那裡頭包括了一條幽靜的窄巷和一道虛掩的木門和一個你可愛的阿珠妹妹），你隨後就露出已多日不見的悠閒風笑容。阿雄剛好在照後鏡看到這詭異的畫面。「尼桑，你是胃痛嗎？」他原本想這樣問你。後來覺得這樣無厘頭的問法聽起來太像周星馳，好像沒什麼創意便作罷了。但你已經在照後鏡裡看到他疑惑的眼神，便主動說：「沒什麼。想到阮阿嬤啦。」阿雄遞過來一包「李施德霖」濕紙巾，說：「擦擦眼淚和口水。我們到了。」

五分鐘後你雄糾糾氣昂昂地站在臺上看著一大片黑壓壓的群眾。二十年來你已經習慣這種陣仗。不像三十歲那年的首次參選，開票時你甚至一度躲到二樓的房間裡，以避免看到在當選邊緣沉浮的票數（稍後你在瘋狂的鞭炮聲中宣告當選，高齡八十歲的阿嬤拉著你的手說：『乖孫啊，你以後甘會做總統？』）。現在當然不同，你在說話前先笑了一下。然後中氣十足地跟全場問安：「大家晚安。」簡短有力，每個字都像130毫米加農砲般地澎澎澎震撼人心。臺下黑壓壓群眾受到鼓舞，一個個彷彿都立正站好，耗盡力氣從丹田也回應了一句「晚安」。這時音樂響起，理查史特勞斯的「查拉杜斯圖拉如是說」。先攀升後爆炸的旋律道盡先知的寂寞。警匪對幹的電視連續劇老喜歡用這種音樂，莫名其妙地把條子捧得比上帝還偉大。但是此刻你覺得這樣的氣氛蠻好的，小鍾選的音樂越來越對味，越來越能替你表達內心的感覺了。音樂會改變現實，不同的音樂造就不同的現實，就像不同的DNA產生不同的子女般地天生自然。

再三天投票。想到這裡你心頭不免震了一下。四選一，整個局勢已經被各方人馬繃得薄過一條你媽咪的玻璃絲襪。你無法想像萬一你沒當選會是何種景象。你們家的那隻瑪爾濟斯可能因為榮華富貴不再，傷心地離家出走。而到麥當勞借廁所時，再也沒有人會堆著一臉笑容跟你大聲說「委員早」。更糟的是，你的助理兼司機小莊，可能會因為應付不了每天數十通來自各方的催收帳款電話，而決定自即日起辭去這已經比雞肋還不如的貼身工作。最悲慘的則是來自阿珠妹妹的打擊，她雖然因為良好的教養（也就是高度的壓抑），而維持著一定水平的有情有義態度，但你們彼此都很很清楚，如果落選，你不可能再是她心目中的英雄。這會讓你徹底陽痿，讓她從此空虛茫然。天哪，這世界會變成怎樣呢？

隨後你花了一秒鐘讓自己從恐怖的幻想中醒過來。繼續用加農砲般的嗓音說：「看到各位鄉親今天這種驚死人的萬人場面，小弟心內確實是萬分感動，實在是萬分感謝各位。」說完你往右邊跨一大步，離開擋在前面的演講臺，讓全身很有誠意地曝露在全場支持群眾的視野中，隨後欠身一個大鞠躬，用比美李棠華特技團的身手硬是把鼻子幾乎都彎到了膝蓋前，阿雄一旁看了心驚驚，就怕你不小心一個筋斗給翻到臺下，或是中了風而一摔不起。阿雄擔心的的確沒錯，你在鞠躬了十秒正要起身時，哇咧竟然眼前像是火車丟丟銅啊入山洞那樣地一片漆黑，還好阿雄體貼，他一步衝到你身邊，做勢要扶你起身似地穩住你的身子，那動作讓人看起來像是說：如果不把我們委員扶起來，他就要這樣跟大家一直鞠躬到海枯石爛。鄉親啊！這就是我們委員的誠意哪！鄉親啊！千萬要支持我們委員啊！

這時場子裡響起如砲般的掌聲跟小鍾欽選的「查拉杜斯圖拉如是說」交響樂，你在掌聲和音樂聲中順著阿雄的手勢緩緩站直身子，這時你一張臉已紅得像灌下三瓶尚青的臺灣啤酒，既紅潤又正直的表情幾乎要讓人聯想到關公。你看著黑壓壓的人群不發一語，只用略微抽搐的嘴角表示你內心無與倫比的激動。三十秒後你站回演講臺，再次用130毫米加農砲的聲音對大家狂吼：「各位鄉親，我們後山變前山的日子到了啦……」這時音樂跟著你拉長的聲音衝上頂端，在這亢奮的剎那，你忍不住喟嘆一聲，啊！這不就是在生命中消失已久的高潮感覺嗎？

為什麼後山就要變前山？你宣佈，因為在你極力爭取和穿針引線打通所有關卡之後，美國的的拉斯維加斯集團已經決定要在我們花蓮的南濱興建一座全亞洲最大最豪華的商業巨蛋。它有多大呢？「各位，伊絕對不是死鳥飛不過，而是活鳥會飛到吐血，這粒蛋夭壽大，伊足足有二十公頃，一公頃三千坪，鄉親哪，伊攏總佔地六萬坪啦。室內的喔，不驚風，不驚雨，做風颱你嘛可以來血拼，今天小弟專工來講乎大家聽，這粒蛋為什麼會改變我們後山人的運命？」

你兩隻手臂朝天高舉，一副要講話給上帝聽的樣子，有點悲情，有更多的驕傲，你大聲地重複了最後那一句話：「這粒蛋，為什麼會改變我們後山人的運命？」為什麼？喔！那是因為全球化的時代來臨了！大陸崛起了！大陸仔有錢了！人民幣就要跟美金、歐元、日幣、英鎊一樣，在我們東部的海岸跟縱谷間如蝴蝶般四處飛舞。「這是臺灣四百年來最好的機會，也是我們花蓮從未遇上的好時機，鄉親啊！到時候錢要怎麼賺？錢就這樣賺！」說著你再次高舉雙臂，微彎環抱成一個準備好大布袋要承接天上掉下來的白花花銀子的模樣。那姿勢十分感人，感動自己也感動了全場黑壓壓的人。

「這粒蛋就是一粒搖錢蛋啊！」你大聲地下了一個明白的結論。接著你要跟大家分享你的超級搶錢計劃，天下沒有搶不到的錢，只有沒搶過錢的人。你將會讓每個走進這粒蛋的人都快快樂樂地進來，空空蕩蕩地出去，把所有的錢都留下來改進鄉親們的生活。

「巨蛋裡的第一區就是大秀場。」你開始描述這偉大的希望工程的具體內容。「各位鄉親，我剛剛說的話你們有沒有仔細聽，這粒蛋的大股東是誰？……沒錯，就是美國阿凸仔的拉-斯-維-加-斯，有聽過沒？這是全美國做秀最出名的秀場喔。但是他們的規模還不夠看，我們要推出的秀場比美國那裡的還要大十倍。別的不說，光脫衣舞一次就可以跳一千人，高級舞臺，一流燈光，不只查甫人愛看，查某人也愛看。有人說，哎喲，委員啊，你不會來點卡高尚的嗎？脫衣舞會教壞囝仔大小哩。開玩笑！我們又不是只會跳脫衣舞，芭蕾舞、踢踏舞、爵士舞、土風舞、民族舞，這粒蛋裡面什麼死人骨頭舞通通有啦。」

「還不是只有跳舞哪，各位鄉親，你想看的伊攏總有啦，看是要魔術、名歌星演唱、歌舞秀，還是特技、少林武術都可以。有沒有人看過狗說話？沒有對不對？我看過。有沒有人看過用乒乓球打爵士鼓？沒有對不對？我看過。有沒有人看過瑪丹娜唱歌仔戲？沒有對不對？我看過。各位鄉親，你們沒看過沒關係，這些精彩到脫褲的節目，以後通通會一個一個進到我們這粒蛋裡面表演，到時候全亞洲的人，你如果不想看秀就算了，想看秀，就要來我們花蓮，來我們這一粒叫做『藍色的夢』的巨蛋看啦。藍色的夢，為什麼叫做藍色的夢，我們花蓮那一大片的太平洋就是藍色的夢呀！有沒有聽過紅歌星冉肖玲，歹勢啦，是民國六十年代的紅歌星啦，她唱的『藍色的夢』，哎呀，真是好聽哪……昨夜的一場，藍色的夢……你看這名字多好，鄉親啊，人潮就是錢潮，大家都來看大秀，我們不就通通賺大錢了嗎？」

你喝了一口阿雄幫你擺在講桌上的人蔘茶，像喝紅酒那樣讓微甘的茶汁在唇齒之間繞了兩圈，今晚這場的狀況好像不錯，才講到大秀場大家的眼睛便都亮了起來。

唉，真的是需要拼經濟耶，錢不是萬能，沒有錢卻是萬萬不能。好戲還在後頭，藍色大粒蛋不是只有大秀場，還有大賣場、大賭場、大操場⋯⋯，玩意兒可多啦，就怕今晚大家要聽到流口水了。

「這大秀場只是其中一味，有人愛呷苦瓜，有人愛呷菜瓜，我們藍色大粒蛋有各種口味，愛看秀的來看秀，愛血拼的就去血拼，我們在大粒蛋裡頭規劃了兩百個館，一個館一個國家，各位鄉親，今天全世界有幾個國家啊？兩百個！也就是說聯合國在我們花蓮開分部啦！這樣真讚吼？全世界的人只要來我們花蓮大粒蛋就可以買到全世界的東西，看你是要阿拉伯的地毯啦，還是古巴的雪茄、捷克的煙灰缸、威尼斯的水晶玻璃、匈牙利的牛肉調理包、印尼的木雕、波羅的海的壁紙、西班牙的水果盤、東京的原宿少女裝、韓國泡菜、印度咖哩、泰國佛像、法國的礦泉水、北歐家具、美國的巧克力、澳洲的無尾熊娃娃、德國的模型汽車、摩洛哥的香料、加勒比海的雷鬼、巴西的摩登高跟鞋、蘇州的珍珠項鍊、夏威夷的草裙、我們隔壁宜蘭的鴨賞跟蜜餞、我們花蓮的大理石跟扁食，甚至⋯⋯我們花蓮的空氣也有在賣啦，通通都有在賣啦！」

花蓮的空氣？阿雄站在旁邊也不免皺了一下眉頭，空氣怎麼賣哩？你好像用餘光看到了阿雄的眉頭，隨即補充說明：「對啊，我們花蓮的空氣世界第一，比氧氣還好用，少年仔吸了有智力，老人吸了有活力，女人吸了有魅力，男人吸了真正有夠力，為什麼不能賣呢？我特地去訂做了楊惠珊琉璃工房的水晶瓶，春夏秋冬，一年十二個月，每個月的空氣都有特色，瓶子都不一樣，你看，買回去擺在客廳水噹噹，寶島花蓮的空氣喲，看著就舒服，聞了更爽快，是不是？這主意還真不錯，你們說對不對啊？」

你看起來很得意這個有點調皮的點子，就像馬路上一些當舖廣告寫的「萬物皆可當」，哎呀，多麼有氣魄啊！萬物皆可當，那我們就什麼都可以賣，石頭可以賣，土地可以賣，空氣當然也可以賣囉。這叫做文化產業啦，也就是把產業穿上一件帥呆了的文化夾克的資本主義技倆。文化夾克怎麼穿？就是說故事嘛！法國的葡萄酒不就說了一拖拉庫的故事才賣得那麼好的價錢，我們不會去編一點花蓮空氣的故事嗎？從前從前有一對相愛多年的戀人，有一天，女方發現自己得了直腸癌，兩人驚慌哀痛之餘決定到花蓮做最後一遊，沒想他們才一走出車站，竟發現這裡的空氣……，這裡的空氣怎麼了？接下來不就有幾百個故事可以這樣滔滔不絕地說下去了嗎？

你在臺上繼續滔滔不絕地說下去，說過了大秀場、大賣場，接下來你要說的是大賭場。講到「賭」這玩意兒實在就學問大了，它不但是萬惡的淵藪，它更是金錢的淵藪，哪裡有賭，哪裡就有人輸到跳樓，可也一定也有人贏到蓋大樓。世間事就看你怎麼看，橫看成嶺側成峰，賺錢輸錢大不同。當今天下，除了拉肚子，還有什麼比拼經濟更急迫的事呢？開賭場這種事，早上不做，下午就會後悔，花蓮依山傍海，美美的風景勝過蒙地卡羅跟澳門千百倍，這裡不賭，要到哪裡賭呢？

「各位鄉親，接下來乎各位賺錢賺到心涼脾肚開的來了，什麼東西呢？簡單講，賭場啦！有人說唉喲夭壽喔！賭場你也開喔！騙肖，講那什麼瘋話！來，在場的每一位，沒買過樂透的舉手，有沒有？喔，那邊有一位舉手……什麼？……腋下癢喔？你嘛好，手舉那麼高是要抓粉鳥嗎？……沒有嘛！大家都買過樂透對不對？樂透就是賭博啊！政府做莊啊！說是做公益，做公益也一樣是賭博啊！伊可以賺錢，我們為什麼不能賺？我告訴大家，這賭場的學問可大了，各位知不知道，我們臺灣已經有人在美國唸到賭博博士了，賭博也有博士可以唸，你看這裡頭學問有多大，這不是那些頭腦康固力的人可以瞭解的啦。」

你臉上這時浮現出一道從容不迫的神情，通常你在擁有高度自信時都會出現這種討打的樣子，這種表情所帶來的後果是禍是福難以預料，但它表示你的內心目前處在一個亢奮的狀態則無庸置疑，果然，你立刻就high了起來。

「講到這間我心內就歡喜，人家說開餐廳不怕大肚漢，我們開賭場就不怕錢多郎，只要有這間大賭場，各位鄉親啊，西部那些肖錢的人、有錢的人，不用蘇花高啦，伊用自己的兩條腿，三更半暝爬都要爬過中央山脈來我們「藍色的夢」大賭特賭，我只想到那個畫面就會笑到流口水哩。跟各位鄉親報告，我們整間賭場用藍白兩色設計，有那個歐洲希臘的風格啦。本來就是啊，我們立法院到希臘考察，我看了半天還是覺得我們的台十一線比它漂亮，現在機會來了，以後是他們歐洲的阿凸仔來我們花蓮看海賭博，錢給我們賺，這樣才對啦。那藍白的大廳鐵定讓人家一走進去就爽，不管看到二十一點也好，百家樂也好，角子老虎機也好，或是骰子啦，輪盤啦，保證就會以為來到愛琴海的豪華遊輪，所以就賭興大發啦，福氣啦！來這裡賭就對啦！我們現場有各種專業人員提供服務，食衣住行育樂通通有，吃喝拉撒的不說，各位，全世界賭場我們首創有駐店心理諮商師，就跟國父首創五權憲法一樣，我們也是全世界單草一個，獨有的啦。他們有什麼用呢？哇，這學問又大了，伊可以替大家壯膽，帶給大家信心啊！這些心理諮商師不是開玩笑，個個不但精通國臺客英日文，有的西班牙文還可以寫詩哩！客人賭贏的時候需要他，賭輸的時候更需要他，大家有緣來相賭，贏了做公益，輸了做功德，跟心理諮商師聊聊，世界就變得很圓滿，這是我們藍色的夢的大創意，感恩啦！」

你越來越覺得自己跟牧師一樣在散佈福音。天國近了，所有勞苦的人即將來到一塊休憩的樂園。我們後山苦哈哈的子民啊，長期以來政府給我們的，雞蛋沒有，雞屎一堆，做得比別人多，賺得比別人少，我們難道天生是二等的人嗎？沒關係，你激動地高喊：「無人疼，自己拼！」，這句押韻的閩南語立刻在現場引起廣大的回應，臺下幾個不知道是不是你佈樁的男子也用雄渾的聲音喊著：「無人疼，自己拼！」，「無人疼，自己拼！」悲情中夾帶著希望，啊，這不就是你這場佈道大會所要的氣味嗎？

一陣嘶吼聲中你繼續大聲說出藍色巨蛋的最後一個蛋黃：「各位鄉親，我們大秀場、大賣場、大賭場通通有了，通通有了！那我們還需要什麼呢？」你稍稍收起討打的神情而顯露出帶有一絲莊嚴氣氛的臉色，像宣佈將申辦公元三千年奧運那樣正經八百地說：「我們藍色的巨蛋裡會有一個將我們變成世界體壇強國的大－運－動－場。」小鍾選播的「查拉杜斯圖拉如是說」再度激情揚起。奇怪了，為什麼這年頭一講到運動比賽往往就變得很嚴肅？大概都是奧運惹的禍吧，這項國際比賽把運動搞得跟富國強兵成了同等級的事。唉，不就是跑跑跳跳嗎？為什麼要搞得像日俄戰爭一樣？你看阿富汗女子一千五百公尺選手包著頭巾出場，不也跑得挺快樂的？雖然她的速度整整比保持世界記錄的中國選手慢了一倍。

你當然不會這樣想，更不會這樣講，你其實是以中華奧會主席的架勢發言，你說：「北京舉辦奧運，我們臺灣也要迎頭趕上，這粒藍色巨蛋裡的大運動場便會是一個最重要的起點，那裡面有什麼呢？首先跟各位報告，因為我們花蓮靠海嘛，所以我們有一個世界一流的游泳館，就叫做水五次方，比北京的水立方還要多兩次方，你們說這樣好不好呀？」「好啊！」「好喔！」「好！好！」此起彼落的叫好聲呼應著你感人的民族情感訴求，這回民眾好像聽到一個比秀場、賣場、賭場有健康概念的構想了，你接著說：「除了這棟水五次方，我們大運動場裡還有一棟比北京還炫的綜合運動館，叫做『蜂巢』，你們說，酷吧？」

你的語言悄悄變年輕了。酷吧？蜂巢比鳥巢酷吧？「這個蜂巢能做什麼呢？各位鄉親，你不必問自己能為蜂巢做什麼，讓我先來告訴你，蜂巢能為你做什麼。它裡頭可以同時舉辦十八種國際球賽，就是十八般武藝啦。信不信？啊，我說的話還有什麼信不信的問題嗎？哪十八種？我算一算，棒球、籃球、排球、保齡球、曲棍球、乒乓球、網球、高爾夫球、橄欖球、撞球、手球、壘球、足球、合球，幾種了？反正攏總十八種就對了，騙肖，全世界哪個體育館有這種氣魄？我們把十八種球賽的世界杯拿來一起比，各國的國旗會從七星潭一根一根插到七腳川，你們說，那會有多少人擠到我們花蓮來呢？到時候你如果數錢數到手指頭掉一根就不要怪我。各位父老兄弟姐妹，我們眼光要看全世界，不是只看大陸客，大陸客的錢要賺，全世界恩客的錢我們通通要賺啊……」

小鍾的音樂又冒出來了，這回不用警匪槍戰音樂，「查拉杜斯圖拉」換成「快樂的出帆」，本土萬歲！福爾摩沙萬歲！賺錢萬歲！我們要快樂出帆啦！這時臺上不知道是阿雄從哪裡找來的一排短裙辣妹開始高唱「今日是快樂的出帆期，無限的海洋也歡喜出帆的日子」，一下子氣氛便拉起來，臺下有人跟著唱：「綠色的地平線，青色的海水」，你忽然覺得眼角有點癢，咦！怎麼滲出一咪咪的眼淚哩，你瞬間察覺到自己民族情感的厚度，立刻情不自禁地也跟著唱下去：「卡膜脈，卡膜脈，卡膜脈嘛飛來」，然後就全體大合唱了：「一路順風唸歌詩，水螺聲響亮送阮，快樂的出帆啦……」

這真是一個美好的演講結尾，再三天投票，希望今晚在場每一個人的呼吸三天之後都能化成選票。你紅著眼眶跟臺下的群眾鞠躬，一鞠躬，再鞠躬，三鞠躬，啊！就這時候，你在一陣暈眩恍惚中竟看到遠遠的海平面上真的冒出了一顆巨大無比的藍色的蛋，美夢成真了嗎？怎麼有那麼好的兆頭？我思就我在，我想的就會存在，再三天投票，一切都會是真的……你在朦朧的視線中看到阿雄一個箭步衝到你身邊，你沒理他，也沒讓他理你，你用力穩住腳步，在小鍾重複彈奏的樂聲中，抓起麥克風對大家說：「來，我們再唱一遍，再唱一遍快樂的出帆，來，再唱一遍！」隨後就被自己偉大的藍色巨蛋夢想感動到竟然一邊唱就一邊哭了起來……

那晚

那晚雨下得大，唏哩嘩啦像瀑布。她一晚說的話有些給淹掉，有些若有似無地載沉載浮，頗像很久以前那個年代大夥兒人心惶惶的樣子。小妮子主見強，道理通通站在她那一邊，美麗島事件時，她瞪著我的鼻子問我：「你們這些黨外人士憑什麼那麼囂張？」我倆愛情臨終時她也掰了一個理直氣壯的撒喲哪啦論述，然後匆匆甩掉我，跑到美利堅共和國，讀了一個不知所云的MBA，嫁給一個後來回臺在大學教了一輩子書的教書匠。從這角度看，我必須承認她媽要比她可愛多了。她那江蘇籍的媽喜歡看楊麗花歌仔戲，常看到哭得淚漣漣，不時會跟我讚嘆歌仔戲的旋律真是好聽，想去學。哎，可惜我愛的不是她媽而是她。說起來，當初我那個愛真是一個大幻想。在我自認為已然墮入情網的頭幾天，我光從音樂教室旁邊經過，聽到她在合唱團裡的聲音都會感動得像得了瘧疾般抖動不停。這叫什麼？這叫做因誤會而結合，我們之間的悲劇跟眾生沒兩樣，有誤會就有瞭解，有瞭解就有分手。都是這樣的。

在她因為瞭解我而離開我之後的許多年（也就是我仍然舊情綿綿，還牽拖著一些黏稠情絲的某一年），一個聖誕夜，我離開教堂後跟阿瓜、咪咪、小賴一干子人去吃薑母鴨，在喝了半打啤酒後，我突然感覺到，除了嘴邊的口水和眼角因為思念她而泛出的淚水氣味之外，我肯定還在空氣中嗅到她用了五年的「綠野香波」洗髮精味道。於是我放下酒杯跟筷子，神色凝重地告訴在場的每一位：「阿芳就在附近。」但阿瓜跟咪咪等人完全不理會我而繼續飲酒作樂，半個鐘頭後我回到公寓，撥了一通電話到她家（在她拋棄我之後的二十年內，我都還記得她家的門牌、車牌、電話號碼，和全家每個人含舊曆的出生年月日），我說阿芳在嗎？電話那頭我那顯然已經認不出我聲音的無緣丈母娘說：「她剛到中正機場耶，現在還在路上，你哪裡找啊？」我張著圓圓的嘴巴抓著電話，空氣中盡是越來越濃郁的綠野香波洗髮精氣味。天哪！她真的，就在今天，的現在，回來了。我聞到的綠野香波是真的！我們重新拾回彼此之間消失多年的感應能力了！稍晚我在電話裡知道，她事實上已去國八年，那麼多年來隔著浩瀚的太平洋跟我全無交集，卻是一進家門就接到我電話。這是上帝的旨意嗎？

上帝要我們話不投機半句多。幾分鐘後我們便又為了我說話時醉酒的口氣吵了起來。「改天再說吧。我很累了。」她跟以往無數次的動作一樣，俐落地掛斷電話。就這樣，我們再度回到沒有交集的狀態，直到兩年後的那個下雨夜她打了那通電話過來。

那通電話鈴響時我剛洗過澡，正坐在沙發上啜了兩口威士忌。先前下班碰到交通管制，多繞了一大圈路，又躲雨，又趕路，走得滿身汗。走著走著上了路橋，居高臨下看到一串遊行隊伍從大理街往車站去。仔細一瞧，咦？好玩哩。這些人嘴裡喊的跟手上牌子寫的，都是「臺灣要獨立」喲。二十年後的今天，當島內的藍綠對決動不動號召數十萬群眾時，回想當天看到的那支隊伍，簡直就像一小柱尿尿那麼地微不足道。可是那天我卻被那樣的畫面給弄得興奮了起來（一個臺獨的幽靈，在福爾摩沙上空徘徊……），那感覺像是面對著一個已然來臨的新時代，禁忌不再是禁忌，規矩不再是規矩，像阿瓜說的：「我喜歡出門搭車碰上罷工的感覺。」唉！可憐的幾十年都一成不變的臺灣，一個小小的、微弱的臺獨口號都可以讓人達到高潮。親愛的芳，妳說，我們那屬於舊世紀的戀情，是否可能因為這麼一個偉大時代的來臨，而有重新復活的可能呢？

二十年後的今天我回想那一晚，那突然響起的電話鈴聲還是大得讓我幾乎要從沙發上跳了起來。真是好死不死，當我正從臺獨的遊行隊伍想到性感的芳時，她阿芳便打電話來了……

「是我。」

我停了半晌才在喉頭「喔」了一聲，那瞬間的感覺有點不真實。該晚離我聞到「綠野香波」的那個聖誕夜已經又過了兩年。

「怎麼想到打電話來？」

「最近好嗎？」她聲音有點冷，花了點力氣壓出來的冷。

「還好。妳呢？……爸媽還好吧？」

「我爸中風。」

「哎呀！怎麼這樣……」

這樣言不及義有個十來分鐘吧，她突然不說話了。我在電話這端看不見她人影，可我又聞到綠野香波了。她跟以前一樣，每天都洗澡同時洗頭髮嗎？她現在正裹著一條浴巾（浴巾下有一具曾經令我發狂的裸體……），濕潤的頭髮盤在頭頂，坐在電話旁邊跟我說話？

就像賽門二重唱唱的：「沉默像癌細胞般地滋長著。」我們之間長滿了飽脹的癌細胞。也對，我們分手之後，回過頭去，才發現那根本是個無可救藥的年代，我們在其中渾渾噩噩地吵架，不知今夕何夕。那不是癌細胞是什麼？

「講點話吧。」我說。

「想你。」她聲音不大但咬字清楚。

我一下便聯想到了碧潭。我第一次跟她約會的地方。那天早上天色迷濛，我們其實尚未熟絡，只比點頭之交好些，但我大膽地站在她後面，兩手伸前環抱她的腰，她沒拒絕，我的臉頰便在那那個春寒料峭的早晨貼上了她那像我媽做的茶碗蒸那麼柔嫩的臉蛋。這是她對我第一次的完全信任。在接下來的許多日子裡，每當我們才吵完架不久便又做愛時，我往往對於她能接受我從背後進入的體位而感動不已，她難道不怕我就這樣從背後掄起一把刀把她給殺了嗎？（在那個戒嚴的年代，我們常被教導要不時懷疑周遭的人。小心匪諜就在你身邊。好一個充滿背叛與暗殺的大時代。）也許她也想過要殺我，也許，當年她這麼一走千里，其實已將我殺死數回。這些都無所謂，都過去了。重點是，今晚她說她想我。

「想你。」她因為我一時之間什麼都沒說，便又將話重覆一遍，還放大了不少音量。我想她總有一天會憑著堅毅的個性和明確的態度成為臺北金融界的新世紀女強人。

我需要花點功夫去體會她想我的意義。我好像已經沒辦法感覺想念一個人是怎麼回事了。當年她拋棄了我，嫁了人，狠狠地讓我好長一段時間每天痛苦地想像她與另一個男人做愛的模樣，然後在我幾乎將這些事全忘了的一個夜晚，她說她想我。這事跟高喊「臺灣要獨立」的遊行隊伍彷彿有點莫名其妙的關係。

我沒有直接回應她那一股可能她自己都沒搞清楚的情緒。

「怎麼有空打電話？老公不在嗎？」我想到那唸機械系的小子。高高瘦瘦，記憶中像一片一點點風就吹得動的影子。有一天她告訴我，機械系有人邀她參加聖誕舞會。哎，我就是太大意，當年應該注意到她臉上懸浮著的那抹淡淡的幸福感的。這跟蔣公一不小心便丟掉大陸，或中華民國一不小心便被逼出聯合國差不多。人生很多事是要從小洞洞就開始防堵，一旦讓那洞洞超過一個大小，那就注定要決堤了。

我跟她之間想起來是有很多小洞洞。這些小洞洞後來全部變成大窟窿，弄得我滿面全是豆花，機械系那小子不過是壓死駱駝的最後一根蘆葦罷了。除了這根蘆葦，我們之間必定存在著一堆我壓根兒沒看到的石頭、土丘、圍牆甚至他媽的拒馬。我太天真了，我應該在很早很早的時候就從她的國語跟英語的發音、罵黨外人士的頻率、越來越不以愛看副刊為然等等的現象中，察覺到我們終究只能走上離異一途。

不過這些都是陳年往事中的陳年往事了，跟打電話來的那晚至少隔了十年，十年長到足夠忘掉被火車撞翻的悲慘經驗，可她那電話一打來，一些感覺竟像浮水印泡了水那樣又跑了出來。

「你記得蝴蝶蘭？」她沒回答老公在不在的問題。問我記不記得這家叫做「蝴蝶蘭」的旅社。這算挑逗嗎？

「當然。我去年一回喝醉了酒還打電話去。」

「幹嘛？」

「看它是不是還營業。沒什麼意思，就是喝醉了行為異常。」

「它入口處有個小石獅。」她要用記憶重回現場，虛擬地重溫舊夢，快樂地意淫。外頭的沙沙雨聲讓這句話聽起來有了不少溫度。那天我們拐進這家小小的旅社是因為外面街道在準備國慶閱兵，交通管制，我一早到火車站接她之後便沒車可搭，拐了幾個巷子後看到這旅社。蝴蝶蘭。名字好聽，我們很自然便走進去了。年輕真好。

「關上房間的門時，整面牆的夾板還會搖晃。」我說。

「不只牆，我還真怕頭頂上的那盞吊扇掉下來，那吊扇也不轉，就掛在那裡搖搖欲墜嚇人。」她似乎放鬆了不少，話慢慢多起來。她那機械系的老公今晚應該是不會回來了。

「不只吊扇，床也在搖啊。」我臉上掛著有點邪惡的微笑說。呵，還真是一個戒嚴的年代。要做愛不要作戰。我們進到「蝴蝶蘭」那有點暗又不會太暗的房間後不久，就變成兩尾光溜的鰻魚。我在她壓抑的、嬌媚的喘息聲中，不斷地隱約聽見外面街道上國防部示範樂隊一首又一首的美式進行曲。星條旗進行曲、舊友進行曲、起錨進行曲、雷神進行曲、雙頭鷹進行曲、巡邏兵進行曲……。這些旋律是我國中時期熟到爛透的搖籃曲。那年代我在樂隊吹小喇叭，不吹這些進行曲時便拿它吹西卿的「苦海女神龍」，當時紅得不得了的布袋戲主題曲。

「床邊有個衣櫥，暗得像古董。」她裝做沒聽見我跟她講到搖動的床，自顧自地說。有點年紀了，三十出頭，至少不是天真得像隻吉娃娃的十八歲。這讓她原本就有些保守的個性似乎又變得更壓抑。她從不曾快快樂樂、大大聲聲地提到關於性的任何字眼，她會顧左右而言他，或壓低音量小小聲地說，即便是像「床」那麼邊緣的名詞。搖晃的床，喔，這意象好像真的太刺激了。

這是我們當年說再見的一個深層幽靈？又過了二十年後的今天，隨著社會不得不的持續解放，那幽靈便給照到了陽光，從柏拉圖的洞穴一路飄上臺北中山足球場，原形漸露。從性到情愛到政治，原來一脈相扣，有怎樣的教養便有怎樣的性愛，然後就有怎樣的政治，哇，道理是通的。

「那種古董現在可值錢哩。」這是她二十年前那晚輕描淡寫的口吻。要是今天她會激動數倍，「天哪，你知道李梅樹的畫在蘇富比的拍賣場上一幅要多少錢？」會嗎？她會用類似的口氣談論蝴蝶蘭旅社裡那個暗暗的古董衣櫥嗎？這個社會莫名其妙地不知從什麼時候開始變成錢的俘虜，她在銀行上班，每天大量呼吸錢幣的空氣，她肯定比我懂錢，錢的脾氣、錢的體質、錢的美好。她每天跟著社會變，與時俱進，變得美麗成熟有大方。我卻一直杵在原地打瞌睡、練甩手功、唸哲學，啊，是我對不起當年碧潭那個春寒料峭的美麗清晨。我應該日日新，又日新，努力跟上她女強人的腳步的。

我懂了。那晚是個分界點，她在他老公不在的晚上打電話來試探，試探她自己的心靈深處，她對我還有多少迷戀，對碧潭的那個年代還有多少迷戀，對青春還有多少迷戀。答案是零，一個小小的零，可那零在那晚之後繼續長大，它如今必然已是一個巨大的零。

那晚她略微謹慎的聲音一直都混雜在屋外越來越大的雨聲當中。雨聲一大，她的口氣便顯弱勢，聽著聽著，竟恍恍惚惚覺得有點柔情似水。在提到蝴蝶蘭旅社的那個古董衣櫥後，記憶中她在滂沱大雨的雨聲中幽幽告訴我一句：「我不是沒有給你機會。」

什麼機會？自立自強的機會？她腦裡是不是這樣對我說的？「親愛的，你不要整天想一些虛無飄渺的東西，應該趕快去幹點具體的活兒，譬如造艘船或汽車什麼的，就算做個炸彈也好，炸彈至少可以幫助我們反攻大陸……」

我們在偷情的架構下檢討彼此的生命歷程。那晚的雨下得越來越大，把什麼都變朦朧了，「我認真想過，不要去美國，留下來，跟你，生幾個娃……」

她真這麼說了嗎？二十年前那晚她真這麼說了嗎？還是那只是我發酵後的記憶？記憶中那晚都是沙沙沙的雨聲，沙沙沙我想你，沙沙沙我不想妳⋯沙沙沙我不想像你們這樣藝術至上過一個沙沙沙空虛無用的人生……沙沙，沙沙沙，你們這些黨外人士，沙沙，沒有啦，我們哪是什麼黨外，我們不過就是沙龍黨外罷了，沙沙沙，耍耍嘴皮而已，沙沙，我看也是，沙沙沙，妳怎麼一點都沒變，今天是來跟我吵架的嗎？沙沙沙，雨都噴到我書桌上了，沙沙，老公對妳好嗎？比我當年對妳還好嗎？沙沙沙，哼……，沙……，雨下得好大喔，還記得碧潭嗎？我們一早坐公車去的，記得嗎？沙沙沙……我認真想過，不要去美國，留下來，跟你，生幾個娃……沙沙沙……

事情會越來越模糊，最終就只剩下一片令人茫然的雨聲。

晾著

阿三老師二〇〇七年得了猛爆型肝炎差點死去那回，曾經在病榻上用虛弱的腦袋瓜回憶了很久很久以前所遭遇過的一次羞辱。這樣說其實不太準確，因為一開始阿三老師並沒有把那樣的事當做羞辱，他只是躺在病床上很自然地想起了某年某月的某一天的某件事，並且覺得那件事裡頭有一種讓他説不出來可是很令人難受的感覺。那感覺有多難受呢？想想看，人都快死了，身子已經虛到六親不認，啥都模糊一片了，阿三老師卻還硬是想到了那一天的種種情景，可見這事情裡頭一定隱藏著某種令他渾身不舒服的元素。

所以，那天傍晚阿三老師就這樣躺在病床上，閉上眼睛用參禪的方式，在腦裡努力拼湊當天的一些畫面並思索其中的意義，他全神貫注到連老婆拎著一盤他最愛吃的炒米粉走進病房，都渾然不覺。而也就在老婆驚慌失措（以為他死了）地搖晃他的肩膀時，阿三老師瞬間睜開眼睛並且頓悟到，原來那種難以描述的感覺就是一種羞辱感！很久以前的那一整天，他阿三其實一直處在一個很羞辱的位置啊！真是額頭三條線啊，他當時為什麼沒這麼覺得？他甚至還跟人家有說有笑，一副怕招待不周的模樣，給人賣了還幫人數錢，哎哦！我阿三還真是一個廉價的笨蛋哪！阿三老師就這樣躺在病床上擠出吃藥的力氣不斷地罵自己。

那受盡屈辱的一天到底發生了什麼事呢？這可以從阿三老師被老婆搖醒時，腦裡所浮現的畫面談起。那畫面裡有兩個人走進家裡來，哪兩個人走進來？就邱亮跟他美國來的朋友李教授啦，這兩個人一早九點不到便用讓阿三老師家蓬華生輝的姿態走進來。邱亮是阿三老師從小一起唱「領袖萬歲歌」長大的死黨鄰居，書不見得讀得比阿三老師好，命倒是好許多。邱亮大學畢業後考上預官，國防部看他五官分明全都長在同一面上，便派他去當三民主義巡迴演講教官，這讓他有機會在一次歸國華僑的軍營參訪活動中，認識了一位舊金山僑領的ABC女兒，並在兩年後走上紅毯的另一端，使得他日後的旅美奮鬥之路一下子縮短了十萬海浬，三十五歲不到便在德州一所知名大學開設「亞洲各國國防預算及海洋戰略研究」的課程，還因此跟當時擔任德州遊騎兵棒球隊合夥管理人的小布希有數面之緣。這不得了！小布希後來出兵伊拉克的決定裡是否有邱亮的影子呢？否則那天他跟李教授走進屋子裡時，為什麼可以那麼虎虎生風呢？那是只有大人物才有的派頭啊。

邱亮就不說了，這小子意興風發是他的八字又重又好，阿三老師心想，從小一塊長大的人，我們不應該這樣一直想說人家壞話，這會顯得自己鼠肚雞腸，不好！不好！所以他念頭一轉，就想到李教授身上去了，說他的壞話心裡比較沒有負擔。

李教授年輕得很，可能是因為美國住久了個性開朗，或是邱亮常在他面前提到阿三這樣阿三那樣，讓他覺得阿三就好比自家兄弟般，這位其實來自中國大陸的美國教授才進門坐下，打過的招呼（「嗨！你好。」「嗨！你好！」）還熱呼呼地懸在半空中，一聽阿三老師問要喝點什麼，居然立刻像電視節目按鈴搶答那樣，乾淨俐落一點都不客氣地回說「咖啡」。接下來還問：「你喜歡哪種豆子？」阿三老師以為在問他，正一時間不知道怎麼回答時（難道要說我們家都喝雀巢金牌即溶咖啡嗎？），忽然發現李教授這句話並不是對他講，他在問邱亮。邱亮倒是接話接得挺順：「哥倫比亞的typica不錯，不過這幾年他們好像不太種這款。」「都種caturna了吧，產量高又耐日照，挺好的。有沒有試過maragogype？typica的變種，顆粒大，篩網至少要用十九號以上的。」「這我倒沒試過。我沒你喝得那麼專精啦。」「還好，不就多方嘗試嗎？」這時，阿三老師才看到李教授的眼睛往他這邊飄過來，沒錯，用飄的，至少在阿三老師虛弱的記憶中，那天李教授的眼神輕飄飄地跟棉絮一樣沒重量。那飄過來的眼睛問阿三老師：「臺灣種咖啡豆吧？北迴歸線不經過這裡嗎？」阿三老師接下來常識層級的回答讓他隔了那麼久之後在病床上回想起來都還不好意思到額頭冒汗，他說：「有啊，雲林那裡有古坑咖啡。」這個說法其實一點沒錯，臺灣本來就有許多地方種咖啡樹，從臺南東山到雲林古坑到花蓮舞鶴都有一拖拉庫，也不是現在才有，日據時代就有了，那提到古坑咖啡幹嘛要不好意思到額頭冒汗呢？這是因為就在阿三老師躺在醫院的那幾天，報上刊載了了古坑鄉農會被踢爆用印尼進口咖啡粉假冒古坑即溶咖啡的新聞事件，這使得阿三老師想到多年前的那一段對話時，覺得相當沒面子。

其實這兩者之間一點關係也沒，在那麼多年前，有誰會知道那麼多年後的古坑鄉農會會這樣賣咖啡，而幾乎毀掉臺灣本土咖啡的聲譽呢？

所以阿三老師羞辱感的形成原因是綜合性的，除了他自己的念頭跟感覺之外，還糾纏了一些時間與空間的因素。人常會用眼前的感受去衡量以前或未來的事情，然後自認為悟出了一個大道理。以前覺得沒什麼不好的，現在想起來會羞愧得無地自容，而以前被當做不得了的大事，現在卻雲淡風輕吁口氣就什麼都沒了。其實一切不過是感覺，你還是你呀！阿三老師從這個意思來看正是患了這個毛病，當然，對他而言，這不叫毛病叫覺醒，他從沒有羞辱感覺醒到有羞辱感，跨出了很多人跨不出的一步。不過這種覺醒也不見得是什麼好事，很多事情不知道比知道好。覺醒的代價是痛苦，覺醒的方法就是忍受痛苦。

那天咖啡的話題怎麼收場阿三老師已經不太記得，因為他後來想起接下來另一段比咖啡談話還更令他窘迫的冗長對話。說話的雙方一樣是邱亮和李教授，時間則更長、更久。比較令人同情的是，被猛爆型肝炎襲擊得不成人形的阿三老師在病懨懨的狀態下，對這一段對話的記憶畫面竟是一片陰暗朦朧，邱亮和李教授很像是兩個在密室裡談判的鬼魂，想起來就令人毛骨悚然。當然，那天的實際狀況並不是這樣，當天他們兩人講的東西其實很有深度，甚至是論證嚴謹的的哲學問題啦。這可就有趣了，兩人一來一往地講到嘴角全沫，他阿三這位在高中教國文，偶爾也跟學生借題發揮講一些人生哲學的老師，彷彿空氣中的空氣般，完全不讓人感覺存在地偎在旁邊聆聽，是國父跟蔣公在辯論嗎？怎麼偉大到他連一句話都插不進去呢？

他們大概是這樣說話的：

李教授說：「我說的是方法學層面的問題，你不能逾越效度的界線。你知道康德為什麼要舉二律背反的例子？不就是要講論證方法的適用範圍的問題嗎？」說完啜了一口因為阿三老師家沒有理想的咖啡而改泡的烏龍茶，沒聽他說這茶好喝不好喝。邱亮接著就說啦：「當然，你不能用倫理學的方法去討論印度在喀什米爾興建水壩發電廠的問題……」「這倒可以……」李教授頭微傾，右手食指在半空中繞小圈圈，若有所思的樣子。阿三老師原想插一句：「水壩有生態問題耶。」話還沒講，李教授又說了：「我想，根本的問題是，我們可以在彌爾式的功利主義思維裡放入多少道德的成份？」一說完，阿三老師發現邱亮似乎蠻頗讚許李教授對於這個問題的提法，也跟他一樣搖頭晃腦地沉思了起來，這小小的客廳忽然變成了巴黎的花神咖啡館。

阿三老師沒記錯的話，他應該是這時候起身去廚房找小餅乾的，小餅乾沒找到，倒是有一包不知道過期沒的可樂果。阿三老師把它打開倒到盤子裡，像個老練的英國管家那樣走回客廳放到茶几上。當然，這兩位飽學深思的客人還在討論印度水壩的問題，看起來並未注意到阿三老師剛才起身離開，很貼心地到廚房找東西來取悅他們說個不停的嘴巴。

可樂果放好後，阿三老師坐回沙發，此時兩位哲學家已經因為越講越熱烈而不知不覺站了起來，因此陷在沙發裡的阿三老師就變成要用一個仰望的角度去瞻仰兩位來訪的客人。這樣的相對位置讓做為主人的阿三老師在多年後的病床上越想越困惑，這算不算現在報上喜歡說的邊緣化呢？可我不是在我自己家嗎？怎麼我在我自己家會被家裡的客人邊緣化呢？

深刻的談話持續在花神咖啡館裡進行，而談話的內容已經不知道什麼時候從印度水壩來到性交易除罪化的問題。李教授說：「關於這個topic，我們首先要確定『性的歡愉』和『自由意志』的位階孰高孰低。」邱亮接著說：「還有公權力該如何介入私有領域的問題。我們常批評有些人公器私用，卻沒想過一個over的政府會私器公用，管太多啦！」「說得好……這種男女之間的事也要政府管嗎？」兩人一下子又掉入搖頭晃腦的沉思狀態，阿三老師在沙發上聽著聽著，竟覺得有一股淡淡的睡意襲來。

這好像有點不禮貌。後來癱在病床上的阿三老師想起來，他當時為了打消睡意，便從沙發椅裡坐直身子，拿了兩片可樂果吃，還客客氣氣地幫兩位大師又斟了一些茶，然後說：「吃點可樂果吧，蠶豆口味，蠻香的。」好，他的記憶到這裡便進了休息站，他想不起邱亮和李教授接下來是否有因為他的推薦而吃了一點可樂果，他認定自己在那之後便睡著了，在被邱李二人徹底邊緣化之後便像隻豬般地睡著了。

他們兩個總共在阿三老師家的客廳討論了多久並不清楚，反正經過一段鼾聲大作的空白後，再記得起來的畫面已經是三個人走到大門口，阿三老師要送客走人了。病榻上的阿三老師對於從開始打鼾到門口送客這段時間的記憶真的是一片空白，不知有漢，無論魏晉，到底發生了什麼事他完全不知，搞不好已經政權輪替再輪替了也未必。而就是這段空白讓多年後病床上的阿三老師渾身不舒服，他恍然大悟那時是被當做一塊抹布那樣晾在一旁，他的缺席完全無礙他們兩人高來高去的談話，所以才會讓這段意外的空白那麼完整，那麼完整地呈現出一種羞辱的質感。他們借了他的客廳談了他們關心的事，卻順理成章地忘記了他的存在，阿三老師心想，這不是羞辱是什麼呢？至於為什麼這兩個客人會這麼高傲又白目，恐怕就要等下次阿三老師再生場大病時，才有機會再到病榻上好好想一想了。

銅像

大中午。新壓過的柏油路面亮得扎人眼睛。

張榮課長走進店裡時，整個人像陡地墜入黑洞，不見了。摩托車放店門前，一半在布棚的陰影中，一半像曝屍，在大太陽底下曬。車子剛熄火，空氣裡還殘留一絲焦味，大馬路偶爾起點風，將焦味往四周撥開。

「那麼多問題……」鄧爸坐四腳圓凳上，腿開開，五根手指頭像打鑼鼓點那樣在膝蓋上頭輕輕敲，上身垮著，樣子看起來就像在嘆氣。店外邊一輛卡車狂奔而過，聲音大過雷，鄧爸有沒有嘆氣聽不見，卡車過去後看他嘴巴動，微小的聲音說：

「那麼多……」

張榮課長麵吃到一半，聽鄧爸講了話，連忙抬起頭看過去，要接人家話的樣子，可他其實根本沒聽見鄧爸講了什麼，便自作主張說：「代表會這些人真的很囉嗦。一個比一個麻煩。」一說過又轉回頭吃一大口麵，窸窸窣窣。他常來這裡吃中飯，鎮公所離這裡兩個路口，摩托車噗噗催兩次油門就到了。一個星期至少來一次吧。幾年了？阿祥還沒出事前他就來，那時阿祥唸五專，一百七十幾身高，挺帥的，有個黑裡俏的女朋友，一回夏天看她穿了短短的熱褲和一件寬鬆的橘紅色套頭T恤，那燦爛的顏色和年輕模樣直搗張榮視網膜，像烙鐵般在上頭留了個印，迄今難忘。

兩個人後來分了，理由簡單，阿祥愛山勝過女人，三天兩頭往山裡跑，而一入山區就雲深不知處，音訊全無，比臺灣黑熊還難找。女朋友嘟著嘴巴抗議過幾次之後便跑人了。阿祥跟他說這事時沒什麼難過的樣子，一切理所當然。

他們父子二人神情像，個性大概也像。鄧爸以前在大陸山區打過艱苦的游擊戰，話不多，喜怒不怎麼形於色。阿祥的事許多媒體報導，人家都知道後便有人提到要幫阿祥立個銅像。鎮長從善如流，交代張榮辦這事，張榮過來店裡告訴鄧爸，鄧爸眼睛看著電視上又唱又跳的綜藝節目，頭沒轉過去，聽了半天說：「就這樣吧。謝謝你們囉。」

阿祥就這樣會像個偉人般矗立在鎮裡的某個地方吧。那是什麼意思？表示很多人會記得他？「鄧文祥是個熱愛登山的青年，一九九五年九月十三日上午，他在惡劣氣候中強力攻上聖母峰，山頂大雪盈尺，一片茫然……」，碑文上會不會這樣寫？有了銅像之後，每天會有很多人從前面經過，走路、開車、慢跑……，銅像會成為鎮上風景的一部份，一天一天逐漸融進兩旁的路樹中，融到遠遠後邊一大片翠綠的山色裡。融入喧囂的歷史中。

然後，就漸漸淡了。

張榮站起來要掏錢付帳，鄧爸問：「三年有了？」，「嗯」，張榮有點尷尬地微微點頭。三年的時間讓這事在鎮公所裡從頂重要變成頂不重要，那到底要算重要還是不重要？

「銅像是你們說建的。」鄧爸點煙，吐口煙算吐氣，張榮點頭，原本站起來又坐了下去。他知道鄧爸心裡不舒服，換成自己也會覺得被耍了，不是嗎？哪有人頒獎頒得那麼彆扭的？再說，鎮公所算哪根蔥？有什麼資格頒獎？建銅像是跟人家敬禮，那就更不應該拖那麼久了。

「其實我們那裡還好，代表會比較麻煩，不知道那些人腦裡想什麼。」這話說過好多遍，都聽到像唸經了。南無阿彌陀佛。多唸幾遍會心想事成，萬事如意。張榮說話時沒看鄧爸，眼睛一飄飄到牆上幾張阿祥的照片上，有一張放大，幾年前一堆報章雜誌搶著報導阿祥的事時，那照片被用了好幾次。

阿祥跟同伴站在山頂，背後一大片雲，雲疊在藏青色的山巒上朦朧得像畫，畫裡水氣飽滿，暈染開來後肥潤迷離。阿祥的身影相較之下就清楚，他一身職業登山手裝備，雙臂展開，一左一右搭在兩旁同伴的肩上，嘴唇微笑，上方端放著兩顆炯炯有神的明亮眼睛，比山還開闊。

忽然阿祥臉色微變，頭一仰，身子後傾，刹那間直往山谷墜下……啊，張榮看得目瞪口呆，怎麼回事？阿祥的身體在空曠的山谷間劃出一道流暢的弧線，恍惚的身影和後面一大片翠綠急速擦磨而過，一會兒，墜落的速度緩下，很慢，越來越慢，阿祥的身子變成一片落葉，一片因著底下大量虛無的空氣而隨風飄蕩的落葉。山谷裡的聲音被蒸發了，原本還聽得見阿祥幽渺的叫聲，之後，只感覺到他砰砰作響的心跳，而現在，山谷已然像座死城般寂靜，阿祥如落葉般的身子繼續墜落……

「都一樣。」鄧爸說話。張榮回過神來，一位打扮入時的小姐從麵店前走過，帶過去的風讓鍋蓋裡冒出來的煙霧像蛇那樣扭動，新鋪柏油反射出來的太陽亮光直撲張榮眼睛，他眨眨眼，自言自語：「見鬼了。」鄧爸也像在對自己說話：「你們這些人，做起事來都一個樣。沒準兒的。」張榮沒再辯說什麼，當下又站起來，要付錢走人的樣子，活脱就是畏罪潛逃狀。

拿一百元給鄧爸，鄧爸隨手往圍兜的口袋裡擺，另外掏了二十塊找錢，張榮站著若有所思，大太陽底下白晃晃的馬路看過去空無一人，可遠方卻有點聲響，微細如螞蟻搬家走路，卻給張榮聽見了。什麼聲音？

聲音越來越近，一群人在踏步，製造了一點喧囂，那雜亂聲響的內容恐怕有點多元：唱歌的、吹奏不同樂器的、呼口號的、説話閒聊的，一隊人馬正往這裡來，像什麼？像古早以前的提燈遊行，總統華誕……

「大中午哪來的遊行？」張榮一臉狐疑，找人問。

「哪來的遊行？」水果林坐門邊桌子回他話。客家人，說話帶了點內地腔。

「那聲音……」張榮用力聽。兩三輛卡車轟隆經過，聽不見，有點急了。

「聲音？什麼……」又一輛卡車經過，什麼聲音都沒了。

張榮往摩托車走，邊走邊說：「下星期我會再跟代表會溝通，現在就兩三個還有意見，主要是地點……」大太陽把椅墊曬得會燙人，張榮用手掌大力波波拍了幾下，回過頭再補充：「還有經費……唉，那些人哪懂喔……」

鄧爸坐下來歇息，從他的角度朝張榮看。張榮咿咿嗡嗡說些什麼他沒聽，那也不重要，事情現在橫豎是往淡出的方向走，怎樣都無所謂啦。

之前不是這樣。之前大家對這件事情很感興趣時，每個人都豎起姆指稱讚阿祥，然後說很多懷念阿祥的話。一個女記者特地跑了一趟日本，訪問日本登山隊的佐藤加茂。阿祥攻頂那天日本隊在不遠處，用跟冰雪一樣冷峻的眼神看著阿祥攻上峰頂，也看著他下山時不慎失足下墜。

「可惜哪！一直都做得很好，很拼命的青年啊！」加藤坐在客廳的壁爐旁，手掌摸著趴在地上的黃金獵犬，神情有點嚴肅，彷彿不這樣子講話不行，會對不起為了登山而交出生命的阿祥。

「那種天氣要攻頂真是不容易。風勢簡直不輸颱風，地形那麼陡峭，一不小心就粉身碎骨的。」加藤沒上去，臨攻頂前他有失溫現象，情況一直沒好轉，隊友不讓他逞強，就下來了。

「你沒上去，活下來了。他上去，死了……是這樣嗎？」女記者問加藤，不像是很有意思的問話。

加藤露了點笑容，有點靦腆，也有點茫然。說：

「登山的人總會想上去那裡啊。」

張榮在電視臺做的專輯裡看到這段談話，一小時的節目中，阿祥在不同山區留下來的相片一張張安安靜靜地出現在螢幕上，幾段大提琴獨奏音樂配得很沉，跟山一樣不可測。

鎮公所的王姐哭得隔天眼睛還看得出痕跡。

「想抱他。」她說。

很多人七嘴八舌地也跟著說。阿祥是個好青年，有理想，有抱負，是個令人感動的好青年……

湊起來倒有點像遊行隊伍那樣的聲音。提燈遊行，總統華誕，剛剛不是聽到嗎？怎麼說著就不見了？

聲音跟鍋裡的水一樣，會沸騰的。沸騰之後，鍋蓋掀起來，火熄滅，那洶湧翻騰的水泡就會平靜。

一點半要上班，太陽底下真的沒有什麼新鮮事。張榮跨上摩托車，戴上安全帽，跟鄧爸點頭說再見。

摩托車便噗噗噗地走了。

過期

胡六妹笑盈盈罵她兒子：「小豹。你這球怎麼打的哩？虧你還是國手。爺爺的球拍在右邊，你老往他左邊湊活幹嘛呀？」小豹子搔搔頭，走到椅子邊拿可口可樂喝了一大口，隨後看他媽一眼，說：「再囉嗦就不打了。」胡六一臉不希罕：「就你會打？」看看錶，「也差不多了，怕爺爺會累。回家煮飯吧。」小豹子像聽到鐘響下課，立刻收拾包包，準備走人。

胡爺爺這時候放下他活像個十字架般張開的雙臂。九十歲，不年輕囉。他打起球來就只能像這樣僵成一具木乃伊，不比當年五十九歲時還曾經勇奪糧食局員工桌球大賽壯年組冠軍。勇啊。現在要靠乖孫小豹子餵球，小豹子師大體育競技系三年級，當過青少年國手，可以把每一球都打到他胡爺身子不動時的揮拍半徑裡。胡六跟他說：「爸，你就當做趕蒼蠅好了。」她比了一個十字架的姿勢，就這樣，身子一旋，手往前揮，「諾。這不就打出去了？」

晚餐時小豹子足足吃了五碗飯，鍋底差點給他挖出一個洞。胡六看在眼裡，忍不住又罵：「逃難啊？躁成這副德行！」胡爺爺什麼沒說，就笑眼瞇瞇看著孫子當大胃王。他剛吃了半碗飯半碗湯，油滋油滋的嘴唇看起來是吃飽了。小豹子挨刮，向爺爺控訴：「媽自己怕胖不敢吃，就不許別人吃。」胡六：「誰怕胖？我這種身材幹嘛怕胖？」這話一半對，一半錯。對的是她胡六妹五十公斤不到的體重確實堪稱「這種身材」。錯的是，「這種身材」的人誰不怕胖？愛心無國界，怕胖豈有分人種？

小豹子吃飽喝足，拍拍肚子閃人後，胡爺爺隨手抓了一張面紙擦嘴巴。然後語帶神秘地對胡六說：「小六啊。我歌選好了。」「喔，真的啊？你選哪首？」胡爺爺面露微笑，有點得意地公佈答案：「思慕的人。」胡六一聽，正在收拾中的碗盤「匡啷」晃了一下，眉頭綯得高過一堆雲。「那是臺語歌耶。你又不會講臺語！」

胡爺爺氣定神閒不為所動：「可我會唱臺語歌啊！」胡六捧著碗盤往流理臺走，邊走邊搖頭：「那可不是你的強項。你這樣唱不進前三名的。」到水槽邊把手上東西往裡頭一擺，乒乒乓乓聲中再補一句：「爸，我勸你懸崖勒馬，不要一意孤行。」胡爺爺沒回話，就輕輕哼那歌：「我心內，思慕的人，你怎樣離開，阮的身邊……」聽得胡六渾身打顫。見鬼囉。咬字不清，臺語歌變拉丁情歌啦。

這事好幾天了。父女二人為了胡爺爺參加市公所舉辦的中秋節卡拉OK大賽到底要唱哪首歌已研商多次。討論曲目之廣，從白光周璇到倪賓謝雷都有。題材包括愛國的、懷鄉的、談戀愛的、殺共匪的、明天會更好的，葷素不拘，崑亂不擋，他胡大爺簡直就是歌神張學友的阿公。可胡六就沒想到老爸爸到頭來竟選了一首臺語歌，簡直政治正確到不行……

「你硬要選臺語歌也行，好歹選首簡單點的嘛。這一首超難唱。我看你改唱『車站』好了。」胡六力挽狂瀾，另獻一策。「什麼車站？」胡爺爺腦裡一時沒這首歌。「我還花蓮火車站哩！……張秀卿的『車站』啦。」一說張秀卿便想起來了。

胡爺爺搶著說：「這我會唱……火車已經到車站……」胡六一聽眉頭又縐起來：「爸，這是臺語歌耶，你唱國語，人家聽不下去的。」國語？誰唱國語來著？「我唱的是臺語啊。」老太爺一臉委屈。胡六又好氣又好笑，說：「爸，你那算哪門子的臺語，你那是江蘇省的臺語！」隨後拎著抹布走到餐桌旁邊俯身擦拭，說話聲音給桌沿堵得聽起來有點不甘不願：「我明天找金枝阿姨來教你唸歌詞。哎！凡事總得有個樣子吧。」「金枝她懂什麼？她哪會唱歌啊？」「隨你。」胡六待會兒還想去游泳，暫時就不理這事了。

幾經折騰，二十四小時之後，事情峰迴路轉，父女居然取得最後結論：胡爺爺終於決定唱國語歌「能不能留住你」，不唱臺語歌啦。胡六鬆了一口氣，她至少不必擔心人家聽老爸爸唱臺語歌而笑得滿地找假牙。晚餐時一坐上位置，她立刻幫胡爺爺挾了兩塊宮保雞丁，滿口讚美：「爸，余天這首歌你來唱最適合了。中氣足，感情深，要是再多抛幾個媚眼，那真是凡人無法擋啊。」老太爺臉上浮著一絲笑意，嘴裡吃著雞肉又想講話，咿咿唔唔說不清楚：「多練……練習……習幾次。」小豹子在一旁言不及義：「吃得苦中苦，方為人上人。」胡六瞪他一眼，說：「爺爺年紀那麼大，吃什麼苦？」老太爺把嘴裡的雞丁嚼碎嚥下後，空出舌頭說話，卻又是一臉神秘兮兮的模樣：「小六，告訴妳，我找到一家更便宜的，一首才五塊錢。」他說的是投幣式的卡拉OK，這附近就兩個地方有。一臺擺廟裡，一臺擺在北濱一對原住民姐妹花開的小吃店裡。從家裡到那兩處，各自是胡爺爺五分鐘的摩托車車程。十塊錢唱一首歌，老先生喜歡吃過晚飯後繞到那裡，投三十塊錢練唱三首，潤喉強身，比外丹功還管用。這下好，找到五塊錢一首的，整整打了對折，同樣的預算有兩倍的練習時間，不唱冠軍也難。

「哪裡有五塊錢的？那麼好。」胡六盛了一碗湯擺胡爺爺面前，一副二十四孝的架勢。當年她爸連生了六個女兒，就是迸不出個男的。胡六就是那老六，生到她時爸媽死了心，女的就女的吧！不生了。也因此，胡六結婚時跟老公講好，爸媽老了要跟她這小女兒（含女婿）住，屆時不許反悔，別像「李爾王」裡邊演的那樣，推來推去難看死了。老公知書達理，後來果真信守諾言，在胡六看來，夠資格當選中華民國好人好事代表。

「就帝君廟那裡左轉，第一個巷子裡有一家賣海產的，裡頭那臺卡拉OK一次才五塊錢。」胡爺爺用筷子在桌上比位置。胡六一看不行。太遠，中途還要下一個大斜坡，一路騎過去風險太大。不過她沒這麼說，她換了一個讓好強的老爸爸可以迅速接受的理由：「爸，那麼遠！你來回一趟的摩托車油錢都不只五塊錢了。」說的真有道理，節儉為家庭旺旺之本，老太爺很快便放棄了這節省五塊錢的B計劃，決定明天晚上還是到原住民伊娜姐妹花的小吃店報到。專攻「能不能留住你」，一日唱三回，看能不能留住冠軍杯。

可能就是因為奪冠的企圖心強盛，所以第二天走進伊娜的店時，胡爺爺流露出一股不同以往的氣勢。伊娜一邊煎蛋，一邊驚呼：「哇，爺爺今天有吃蠻牛是嗎？好像精神特別好耶。」老太爺笑笑逕往後邊客廳緩緩走去，他就在那裡唱，待會兒伊娃會端一杯水跟一盤花生過來，有了這兩樣東西，他唱起歌來快樂得像黃鸝鳥。這裡的聲音肯定會傳到外邊（所以當胡爺爺唱歌時，外面可能會有這樣的對話：「後面是哪個小伙子在唱歌呀？唱得那麼好！」「聽說是一位九十歲的爺爺。」「真是了不起。九十歲還聲如宏鐘，比起來，我們都像病死雞了。」……這當然只是他老人家的想像，事實上前頭店裡的人聽了，除了微笑並且繼續用餐之外，什麼也不會說），今天就把「能不能留住你」唱三遍，讓大家欣賞欣賞這種黏搭搭的日本演歌風格。那調調說黏還真黏，像麥芽糖，怎麼扯都扯不斷。小六選這歌給他這九旬老翁唱，堪稱敬老尊賢，真是太看得起他了。

一會兒伊娃拿水跟花生進來時問：「爺爺，決定好哪首歌了嗎？」看來他要參加卡拉OK大賽的事已經眾人皆知。這多不好意思啊！萬一什麼名都沒得，豈不愧對列祖列宗？早知道就不這樣四處嚷嚷，簡直是心虛，唉！自找的。

「諾，就這首。」老太爺指著卡拉OK螢光幕，「能不能留住你」，五個字下面墊了一個比基尼的大屁股。伊娃看了拍手叫好：「我男朋友也很會唱這首耶。」胡爺爺丟了兩顆花生到嘴裡，帶了一點蒜味的花生香在嘴鼻間流竄，真不錯，活著真是不錯。「待會兒聽我唱一遍，看跟妳男朋友唱的有什麼不一樣。」伊娃輕輕搖頭：「不一樣啦，我們是阿美族的唱法。」想想又補一句：「爺爺你的是中華民族的唱法。」老太爺聽了咕嚕一聲「胡扯八道」，然後喝口水準備開唱。

這時伊娜跟伊娃因為一時沒有客人進來而暫停營業，專心站在爺爺身旁要聽他唱這首年度金曲。聽完得打個分數，爺爺說的。一會兒，前奏緩緩響起，還沒完，爺爺便迫不及待張口把歌詞插進旋律裡：「抓起一把海邊沙……」，搶了拍子，歌聲跟伴奏呈分離狀，伊娃忍不住在旁邊也跟著哼，「海邊沙……」要像牙套那樣把爺爺歪掉的歌聲矯正回來，這一來，不知不覺竟唱得比爺爺還大聲。爺爺沒發現，倒是伊娜瞪她一眼，嘴唇動了一下好像罵她「愛現」。

不久唱完，姐妹花倆掌聲如雷，外邊店裡也有客人跟著拍手。「怎麼樣？幾個燈？」爺爺問。他老人家古早以前參加過「田邊俱樂部」，李睿舟主持的那個年代，唱臺視連續劇「風瀟瀟」主題曲拿了四個燈，一家人歡欣鼓舞慶祝了好久。「五個燈。」「偶像！……偶像！……偶像！……」姐妹花把小小客廳喊得像周杰倫的演唱會現場。胡爺爺得意之情悄悄地從渾身上下的毛細孔裡滲出，一整張臉的表情看起來像大年初一那樣子喜洋洋。他拿著麥克風問伊娜伊娃：「再唱一遍好不好？」兩姐妹當然叫好：「好啊，好啊。爺爺，你再多練習幾次，那余天就會被你幹掉了。」「我幹掉余天要做什麼？」胡爺爺笑笑拿起一個剛剛擺到茶几上的十塊錢銅板給伊娃，「幫我投銅板。」茶几上還剩一個。今天計劃好唱三次，不能多，就三次，唱太多全身骨頭像要拆散般，夠難受的。

幾天下來，胡爺版的「能不能留住你」已經像鑽石那樣越磨越亮了。這回可能不只得前三名，恐怕要拿冠軍囉。昨晚老太爺還做了一個夢，夢見回江蘇老家，一堆老少親戚站在門前相迎，他緩緩前行，一股巨大的溫暖像胡六買給他的蠶絲被那樣包攏了過來……

一切都就緒，那就報名吧。一早醒來，胡爺爺打了電話到市公所。「我要報名卡拉OK大賽。」「稍等。」一陣細細柔柔的音樂後換了一位小姐聲音。胡爺爺重覆一次剛剛的話：「我要報名卡拉OK大賽。」小姐輕聲細語地問：「您是要報名中秋節老人卡拉OK大賽嗎？」老太爺在電話這端點了兩個頭，半晌才想到這是電話，人家看不見他表情，才又補一句：「對。」小姐一聽輕聲細語地說：「爺爺，很抱歉，我們的報名已經截止了耶。今年恐怕來不及了喔，您明年再來參加好嗎？」一什麼意思？報名截止？那就是過期，不能比賽囉？開玩笑！我練多久了我……怎麼會這樣？胡爺爺急了起來，忘記手上電話還沒掛，便要喊胡六過來問，他原本聲音就好，經過這多日練習，更是宏亮震耳。一時之間，整棟公寓都聽得見他焦急的聲音：「小六！小六！……怎麼回事啊？……怎麼過期了哩？……小六！小六！……」喊了幾聲沒人回應，一大片靜悄悄的感覺擁過來……唉！那麼大清早的怎麼就這樣……這死氣沉沉的房子還真有那麼一點過期的味道，媽的……

躲雨

李寶躺床上看了窗外一眼，灰灰暗暗，天色還沒開，看錶，都五點半了，如果是前陣子七八月夏天，這時間早已亮到陽光刺眼。這陣子黑夜越來越長，就怕有人會得憂鬱症。一會兒他聽到滴答雨聲，發現並不是天亮得慢，而是今天根本就是一個亮不起來的下雨天，昨晚李富城氣象報告時他大概在沙發上睡著了，沒聽說今天天氣長什麼樣，會一直下雨嗎？下雨去爬美崙山就吃力了，就算撐傘也得防路滑，上山不易下山難，力氣要多用一倍。如果跟平常一樣走一小時，鐵定會把大腿小腿弄得酸麻疼痛，十張撒隆帕斯三天貼不好。既然如此，那今天還去不去？

還是去吧。他退休後已經連續一年又兩個多月每天一早到美崙山運動，毅力之堅強連自己也詫異。下雨撐著傘走也好，傘一撐會更覺得自己了不起，不以下雨為藉口而偷懶，呷苦當做呷補，手腳酸痛可以造就成就感。

一個鐘頭後李寶到了美崙山運動公園入口，雨停了，可是雲厚得像疊了十八層的波斯地毯，看起來隨時會稀哩嘩啦垮下來。李寶於是抓了一把傘，凡事豫則立，不豫則廢，兵來將擋，雨來就傘擋，然後他把迷你收音機的耳機塞進耳裡，中廣新聞網，AM85.5，天下事就這樣如雷灌耳地進入他腦裡。運動時聽這東西有好有壞，好是可以殺時間，壞是擾人清靜，尤其事關藍綠時，一些不順耳的話偶爾會讓他動肝火，有違養生之道。

風迎面而來，李寶解開運動衫的第一個鈕扣開始往山坡上走，風便從臉、脖子往胸口竄，今天風比平常大，一大片一大片吹，像做SPA。他看遠處一排欖仁樹的葉子被吹得像在跳舞，沒來由想到有一年出國玩，在義大利的一間教堂附近遇見一個吉普賽家族，裡頭一個年輕女孩跟他笑，看起來不懷好意，像要使美人計的樣子，不過李寶也跟她笑，那天也是這樣暗暗的天空，怎麼今天一見陰天就想到這一段了。

中廣新聞說，中國大陸海協會副會長張銘清在臺南被推倒在地，聚眾肇事的是臺南市議員王定宇。這新聞昨天電視上已經講了，不過他沒看清楚張銘清是怎麼倒下去的。王定宇說他沒打人，是張銘清自己跌倒的，他其實還伸手要扶張先生哩。哎，天下事向來理未易清，事未易明，王定宇應該學學馬拉度那，當年對手說有個球是他犯規用手撥進球門的！馬拉度那說，那不是我的手，是上帝的手。說得真好耶，王定宇應該說是媽祖把張銘清推倒在地的。

往中央山脈方向看過去，遠山的稜線都被雲遮住了，看起來很難撐到一小時不落雨。孩子很小的時候，李寶教他們用稜線的清晰度判斷當日天氣，稜線若清楚可辨，即使天色陰暗，當天大概下不了雨，反過來如果像今天這樣山跟雲混搭成一片，就要準備雨衣了。凡事都有跡象，誰看得早，看得準，誰就贏。

新聞說，檢調單位已著手調查這件事。李寶喉頭咕嚕一下不怎麼以為然，不就是推擠嗎？一堆人擠在一起搞不清楚誰是誰然後張銘清就跌倒了，這怎麼調查？倒是那個跳上黑頭車車頂的傢伙可以先抓來打屁股，罪證確鑿不是嗎？哎，怎麼搞成這樣？來者是客，何必呢？可有人說他不是客，是敵！這就難囉，前提不一樣就會有溝沒有通，有說沒有懂，看著辦吧。

繞過小涼亭那角落時，李寶的眼鏡片上飄了一些雨絲，他下意識以為可以像汽車雨刷那樣左右刷刷兩下便清潔溜溜，這念頭閃了一下，隨後發現雨絲又多了一點，這才拿下來用運動衫的下擺擦。隨後李寶摸摸頭髮，還算乾的，可見這雨只一點點，介於有跟沒有，沒必要撐傘，就這樣走著走著，他發現額頭有點汗了。平常從入口一路往上走到鐵欄杆處，一個U型轉彎往回走到原點，這樣一趟要二十分鐘，他每天上上下下走三趟，共一小時，全身流汗流到像剛從游泳池裡爬上來，渾身濕搭搭地連早餐都不好意思去買。最近入了秋之後好一點，加上老婆又幫他買了幾件黑色運動衣，溼了也看不出來，不會顯得那麼狼狽，他算是越走越專業了。

收音機裡還在講張銘清，對啊，他是幹什麼來臺灣的？前兩天他是不是說了「沒有臺獨就沒有戰爭」這樣的話？哎呀，這種話怎麼可以隨便講呢？講出來惹人厭的。他不知道這是恐嚇口氣的句型嗎？許多爸爸不也用差不多的句子跟兒子講話？「你給我皮繃緊一點……，如果不怎樣就別想怎樣……」，唉！來者是客，客人怎麼講起話來像爸爸呢？聽說這副會長走了之後還有個會長要來，那怎麼辦？副會長講話都像爸爸了，會長講起話來豈不像阿公？

李寶在心裡輕嘆一口氣，順勢把眼睛閉上一半，他這一年多來走路已經漸漸走出一些境界，眼觀鼻，鼻觀心，只要眼睛闔上一半，世界就只剩二分之一，走路專心度立刻提高兩倍，不為花花世界所迷惑，走路就是走路，非常禪宗。

可惜眼前這雨絲好像越來越大了，李寶聽到一旁樹葉發出微細的沙沙聲，這使得他必須分出一些心神來判斷雨勢，看看在他離開這裡之前雨會不會下大，果真如此，那今天的功課就做不完啦，這會讓他有點小小的懊惱。今天一早的風跟雲都詭異，難不成有颱風？沒聽說呀，應該不會吧。這個夏天的颱風真是多，一個接一個，跟電視上一托拉庫討厭的新聞一樣，沒完沒了。可是現在都十月了，有這麼晚才來的秋颱嗎？

才一盤算，忽然就有幾滴較大雨珠打上鼻樑，看這樣子雨是會下大的，傘先撐起來吧。剛剛嫌那支五百萬的太重，拿了一把小的，待會兒要是風大雨大恐怕無法抵擋，話說回來，要真有那麼大風雨就打道回府，只要不被淋成落湯雞哈秋哈秋打噴嚏即可。

李寶一開傘，雨似乎瞬間就變大，已殺殺殺連成一片，這種雨還真是說來就到，讓他一下子便身陷雨陣，這支小雨傘看起來並不能善盡遮雨重任，李寶趕緊把手臂往內縮，免得沒兩下子便讓衣服給淋濕，可是這招好像不管用，風把雨從兩旁往身上吹，這樣下去，沒多久就會全身都濕了。

這時李寶忍不住把傘稍稍挪開看了一下天空，赫！什麼時候飄來這麼大的一塊烏雲？剛剛大概太專心聽張銘清的新聞，沒注意到這片黑漆麻烏的雲正悄悄欺近美崙山的頭頂。海協會會長還沒來，倒是烏雲先來了。

李寶看樣子不對，要先走人了，照這雨勢的勁道，不需要一分鐘便會下起傾盆大雨，傾盆耶，就像拿一大臉盆水從你頭上暢快淋漓給澆下那樣的傾盆大雨，這支小雨傘只能撐三十秒，他必須儘快回到停在入口處的汽車裡。這一想，兩條腿便立刻拐彎往回走，雨滴打在雨傘和四周樹葉的聲音越來越大，不只聲音大，還覺得重，這把小傘一副就要垮下去的樣子。李寶拿下收音機跟耳機放到口袋裡，不用再聽啦，躲雨要緊，他決定用跑的跑回車上，雨勢已經大到有點迷濛，李寶跑過種有一棵流蘇的那個轉彎後，看見他那一輛小小的標緻206就在眼前不遠處，剎那間竟然有點劫後餘生的感覺。於是他奮力邁開腳步，忘記自己其實早已是跑不動的年紀，居然像隻年輕的鹿般飛奔至車門旁邊，瞬間閃進車內，砰一聲將車門關上，就這時滂沱大雨如洪水般傾洩，李寶在駕駛座上看著車外這不可思議的大雨發愣，幾分鐘後他發動引擎，在超大雨中往農兵橋走，心想，但願美崙溪的溪水沒那麼快就暴漲到淹過橋面，讓他可以跟平常一樣，過了橋，就回到了家。

玻璃

吳亮傍晚經過中華路那家內衣專賣店時，大概是心裡惦著最近慘澹得不知如何是好的汽車銷售業績，腳踝竟然狠狠地拐了一下。這一拐當然跟王建民那一拐沒得比，人家的一拐驚動萬教，舉國心碎，他吳亮這一拐卻只讓內衣店美美的老闆娘往這邊喵了一眼，而且就只有那麼一眼，之外什麼都沒有。老闆娘隨後轉身拿貨，她正在招呼一位顧客，沒時間關心差點跌個狗吃屎的吳亮。

這大概是吳亮第一百次走過那裡，他每隔個幾天便會到後面南京街上的一家麵店吃榨菜肉絲麵，那麵店老闆在牆壁上貼了一堆據他自己說是以前在美國德州賣比薩的照片，這使得他家的麵吃起來有點像美國牛仔的營養午餐，很難說是好是壞，但填飽肚子是沒問題的。

先前經過內衣店時，吳亮都會對自己顧左右而言他，內衣模特兒的海報一張張都印得那麼大，貼在門前看板上，簡直會讓人以為什麼時候來了一堆光不溜丟的女生杵在路邊。不過多走幾次之後見怪不怪，吳亮慢慢可以用平常心面對那些咄咄逼人的海報。他甚至被鍛鍊到還有多餘的心神大大方方地往店裡頭看，看誰？看老闆娘呀！也不怕被人當色鬼，以為他居心不良，喜歡看內衣妹。沒這回事啦！就只是想看看老闆娘啦！老闆娘年紀輕輕地好像當過空姐，飛過巴黎羅馬威尼斯，她那模樣看起來像臺灣版的蒙娜麗莎，似笑非笑，對人愛理不理的，隔著窗玻璃看總是覺得朦朦朧朧，哎，就把她當天仙好了。

晚上吳亮一個人在房間用熱毛巾敷腳踝時，閉上眼睛溫習了一下傍晚他拐到腳那剎那所記住的畫面：老闆娘的臉轉過來，眼神壓低，母儀天下般由上往下看，一頭長髮跟著轉頭的動作輕輕柔柔地飛揚起來，胸前項鍊上的墜子則同時發出耀眼光芒，幾乎要刺傷吳亮已經疲憊多日的眼睛，連續過程一氣呵成，就像洗髮精廣告裡拍得美極了的慢動作，一秒拉成十秒，剎那變做永恆，吳亮居然敷腳敷到有點陶醉了。

我是吃撐了？幾秒鐘之後他回過神來，用手掌拍拍自己額頭，最近賣車的業績真的太差，大概已經一百年沒有人跟他買車了，再這樣下去，下次吃榨菜肉絲麵就不必放肉絲，光吃榨菜就好了。吳亮接著用鼻子對自己哼了一口不屑之氣，唉，自己都快看不起自己了，怎麼辦好哩？他隨後順手拿起茶几上的更生日報看，咦，馬英九關心花蓮無毒農業，明天要來花蓮跟農民相見歡。總統大人要來喔……吳亮腦裡頓時有個聲音響起，他想到幾個月前，一名男子在阿扁寶倈花園家附近扯開喉嚨淒厲地嘶吼：「阿扁啊……你那麼多錢用不完啦……拿一點給我用啦……阿扁啊……」，這段感人肺腑的哀怨喊話透過各電視臺的強力放送，不知引起多少無奈的共鳴。這表示什麼？表示他吳亮也應該有為者亦若是，學學人家，當個「嗆聲阿亮」為民喉舌，播送一下對景氣低迷的不解與不滿，這樣的念頭一起，吳亮便立刻有了一點精神，他暫時把內衣店老闆娘放一邊，打算花些時間來擬定代號「大聲公」的嗆聲計畫，今天晚上睡覺前總算可以做點有意義的事了。

可憐吳亮當晚便做了惡夢，他夢見二十年前的女友小芳芳，背景是一片大得像阿姆斯壯登陸的那個月球表面的荒涼河床，朔風野大，他穿了一件蔣經國式的夾克，豎起衣領，對著不發一語卻堅持要跟他分手的小芳芳怒吼：「給我一個理由！為什麼要讓我這樣痛苦？為什麼？為什麼？為什麼？……」夢裡的吳亮聲嘶力竭，青筋暴凸，痛苦得像一隻被斬斷雙掌的大黑熊。但當原本低頭的小芳芳將頭抬起時，他赫然發現他怒吼的對象其實是那位似笑非笑的內衣店老闆娘。吳亮心頭一震，心裡從憤怒轉為恐懼。我們的夢永遠是個謎，這些混雜在一起的東西在他還沒有跟馬英九嗆聲之前，先在夢裡跟他自己嗆了怎樣的聲？小芳芳、蔣經國、內衣、老闆娘、荒蕪的河床、咻咻的北風，這些莫非就構成了一段他自己都不明瞭的不堪歷史，是這樣嗎？他的喉嚨在夢中沙啞了，他「為什麼？為什麼？為什麼？」一路喊到醒過來的前一秒，然後出現似笑非笑的內衣店老闆娘，然後是一身冷汗，最後像隻落水狗般爬出夢境。

第二天吳亮早餐吃荷包蛋時邊吃邊盤算，今天擠到馬英九身邊時要嗆些什麼話。這距離大致可以分三個層次：一公尺以內、一公尺到十公尺、十公尺到一百公尺，一百公尺之外就算了。

如果能近逼到一公尺以內，他肯定會用五十年沒見面的小學同班同學的口氣低聲跟總統說：「哈囉，九哥，還記得我嗎？我就是小三時坐在你後面那個一天到晚流鼻涕的賴阿新啊！哇！真是不得了，當上總統了耶，告訴我，你是怎麼當上總統，卻又怎麼可以當得那麼爛的？快點，快點告訴我。」吳亮估算在維安的層層戒護下，他即便可以擠到那麼近，大概也沒有足夠的時間把這七十幾個字全部講完（恐怕只夠像上回欺近李登輝的那位老先生那樣，朝李登輝的脖子倒一灘紅墨水），果真如此，他會在被維安架走之前，盡量把那一整段話的重點「你是怎麼當上總統，卻又怎麼可以當得那麼爛的？」講完，這樣晚上許多新聞臺就會一直重播這句話，讓它跟「太超過」一樣變成流行的名言。

如果這核心地帶進不去，那就在第二圈用手掌圈住嘴巴，從丹田奮力發聲，製造泡麵廣告裡尋找張君雅小朋友的效果，喊道：「馬英九小朋友，馬英九小朋友，你的作業寫得一蹋糊塗，你媽媽要你趕快回家重寫。馬英九小朋友，馬英九小朋友……」這樣喊的好處是可以採游擊戰，不定點皆可嗆，用喊帶跑戰術，最好弄到像山谷迴音那樣「馬英九、馬英九」地到處都聽得到。隔馬英九那麼遠，嗆嗆聲潤潤喉嚨，總統身邊這些維安應該還不致於太緊張吧？哎！民主就是要嗆聲，他吳亮這麼喊，搞不好還算是做球給馬英九哩，馬不是喜歡邊走路邊跟一旁的記者說「謝謝，謝謝」嗎？那他應該也會跟吳亮的聲音（即使不知道那聲音是從哪個天上掉下來的）微笑說「謝謝，謝謝」吧！這不正是展現民主風度的好時機？雖然天曉得他小馬哥心裡在想什麼。

而如果連這第二圈也進不去，只能在十到一百公尺的外野區放蕩，那恐怕就必須製造一些驚奇來吸引人家的注意，再利用漣漪效應把訊息傳向馬大總統，像中華職棒的波浪舞那樣，長江後波推前波，波波相連到馬邊。吳亮才這麼一盤算，腦子裡居然冒出一段歌仔戲的旋律，唉，這一拉就拉到他很早很早的童年了，當年他愛聽歌仔戲的媽媽，最喜歡邊炒菜邊聽廣播電臺裡的苦旦扯開喉嚨唱哭調仔，一路把菜香跟歌聲、哭聲都炒進他腦海深處。那就來段哭調仔大驚奇吧，哭調仔版的「中華民國，請為我哭泣！」，這可以直追百老匯名劇「阿根廷，不要為我哭泣」，這些外國阿凸仔真是假惺惺，叫人家不要為他哭泣，其實就是希望人家為他哭死啦！我們不一樣，要哭就給他哭大聲一點，來來來，大家快來為自己國家的墜落（看看那有如死豬摔下101大樓的臺股指數）放聲大哭吧。要比哭，歌仔戲怎麼會輸給百老匯呢？吳亮這一想，整個身子便都振奮了起來，他想，今天如果落到第三圈也很好，他一定會用最淒厲的聲音唱出他心裡最真情的哭調仔詠嘆調「中華民國，請為我大聲哭泣」，那如泣如訴的旋律從小深植他心中，只要編一下歌詞，肯定就扣人心弦，把旁邊的人感動到四肢無力。

可惜後來事情的發展跟吳亮所預估的，相差了有兩座阿里山那麼遠。他吳亮吃過早餐後，原本是可以準時抵達馬英九預定要出現的市農會超市的，卻沒想到在前兩個路口不小心撞上了一個看起來心情也十分鬱卒的機車騎士，其實到底是誰撞誰也搞不清楚，不過那騎士給這麼一撞，整個人擺了一個大字躺在地上倒是真的，隔了半晌騎士搖搖晃晃站了起來打電話，很神奇地一會兒就來了好幾個他的彪形大漢好友。這中間因為擔心來不及嗆馬而顯得有點恍神的吳亮完全沒有跟騎士講話的機會，直到幾個彪形大漢中的一個開口跟他說：「喂，你把我兄弟撞成腦震盪了要怎麼交代？」他才知道這個美麗的早晨不但嗆不到馬，還可能要把今年薄到比衛生紙還薄的年終獎金賠光才得以脫身。

幾分鐘後，正在一比五跟人家討價還價的吳亮突然感覺有一股強烈的氣流從不遠處逼近，在還沒會過意之前，他眼睛的餘光瞥見一條黑色的巨龍正往這裡飛來，吳亮的喉頭輕喟了一聲喔，喔！總統駕到了，他當下決定暫不理會眼前這幾個勒索的無賴，趕緊將頭轉過去盯住那隨後一輛接著一輛疾駛而來的黑色車隊。馬英九呢？我咧馬英九呢？他坐第幾輛？我是來嗆聲的，他在哪裡？我可是國寶耶！吳亮一急起來腦子裡亂哄哄地一堆話攪成混凝土，就在這光影交錯的片刻，他發現馬英九坐在第二輛車的後座，前後大概三秒鐘吧，三秒鐘之後，馬英九的黑頭車咻一聲已越過路口的紅綠燈，吳亮的腦子在那瞬間記下了馬在車窗玻璃後面那張被反光遮住的微笑臉孔，朦朦朧朧不太清楚，看起來就跟昨天傍晚內衣店那位美麗的老闆娘一個樣子。

冒充

剛剛7-11的工讀生小妹問我：「先生，你的點數要不要換公仔呢？」我突然間想冒充成阿公回她話。天氣那麼熱，開個玩笑好像還不錯，可是這句玩笑該怎樣講出來才好玩呢？用理所當然的口氣說：「好啊，我拿回去給我孫子玩。」這樣講似乎可以，但這一來，我就理所當然成為一位住在這社區裡的一個阿公了是不是？下次我在稻香國小附近散步時，可能遠遠就會有人對著我高喊「阿公好……」，這樣好嗎？

倚老賣老有一種莫名其妙的快樂。而有個孫子是怎樣的感覺呢？應該很不錯吧。聽過「含飴弄孫」這句話嗎？嘴裡含顆糖，膝上有個孫子可以弄，挺好的。唉！其實也夠老了，當年如果沒有被初戀女友拋棄而結了婚的話，今天也許真當了阿公也說不定。唉！阿珠……妳呢？妳是不是已經當阿嬤了呢？

可我畢竟還沒當阿公，跟工讀生小妹這麼說算說謊哩。這忽地閃過的念頭居然讓我覺得有些緊張（我不該說謊嗎？開玩笑！我這輩子說過的謊比沒說過的謊多那麼多，說謊算什麼！基督教的十誡裡頭並沒有一條告誡我們不可說謊呀！）。我幹嘛緊張？做賊心虛嗎？不會吧！冒充阿公再怎樣也談不上做賊吧！這可不像有些人冒充董事長、歸國學人、部長秘書、將軍之子、外星人……，是蓄意騙財騙色的。我有蓄意要詐騙人家什麼嗎？工讀生小妹會因為我是阿公而愛上我嗎？真是笑死人了。

雖然這樣想，不過三秒鐘後我還是沒有解除緊張。我沒有直接回答工讀小妹的問題，而是裝做忽然想到漏了一個東西忘了買，當下轉身走到放巧克力的架子邊，像是要挑巧克力的樣子。最近這裡放了許多進口巧克力，成色從百分之五十五到九十九都有。人生如戲，戲如巧克力，要濃要淡都看你自己。哎，怎麼像是唱起「My way」了呢？我看巧克力還是苦的好。太甜像小娃兒吃棒棒糖。於是拿了三塊百分之九十九的黑巧克力到櫃臺結帳。

「喜歡巧克力喔？」工讀生小妹笑瞇瞇地問我。「對啊。最近發現喝紅酒時來一塊很不錯。」我掰了一個聽起有點道理的理由。「我看你常買紅酒。」「是啊，年紀大了只能喝紅酒。」「是這樣嗎？」工讀生小妹一邊結帳一邊說。

來了，來了，倚老賣老的機會來了。我必須立刻順水推舟地亮出我虛擬的阿公身份。譬如加一句：「很老了。都已經當阿公囉。」或者：「妳阿公也喝紅酒嗎？」之類的。我忽然覺得今天如果能順利地表達出「我是阿公」這樣的玩笑，就算沒有虛度了。

可是如果我告訴工讀生小妹我是個已經當阿公的人，而她卻沒有絲毫訝異表情的話，那怎麼辦？那就表示我這個人無論從長相、身材、聲音、談吐、穿著……各方面來看，都已經徹頭徹尾地是一個阿公了。啊，那豈不是一件相當悲哀的事嗎？到底一個人當上阿公需要多少歲？顏清標一家子不都十六七歲就娶妻生子嗎？照那速度，不用四十歲就可以當阿公了。這倒好，四十歲還年輕得像隻蝴蝶，所以貌似阿公也就不是什麼可怕、悲哀的事了。

一堆零亂的念頭瞬間像蝙蝠般在我黑暗的腦袋裡亂竄。喜歡當阿公乎？不喜歡當阿公乎？喜歡冒充乎？不喜歡冒充乎？這真是一個公說公有理，婆說婆有理的世界，許多事情好像只要稍微調整一下位置，好像怎麼說都可以通。而不是像藍綠支持者吵得那麼勢不兩立的模樣。

「需要塑膠袋嗎？」工讀生小妹問。我這才發現剛剛買了不少東西，包括兩瓶健怡可樂（這玩意兒似乎有被污名化的傾向：喝健怡的人不是胖子就是糖尿病患，要不然就是一群貪生怕死之輩……）、一本小筆記簿、一份蘋果日報、三支黑人牙膏、一瓶紅酒，還有剛剛拿的三塊苦死人的巧克力。

「要。」我堅定地點了個頭，有點跟環保人士對嗆的意思。唉！沒辦法！那麼多零零散散的東西，沒個塑膠袋根本走不出大門。

「那你的點數要不要換公仔？」回來了，問題繞一圈又回來了。工讀生小妹好像想到她媽媽叫她晾的床單忘了收那樣，用帶了一點抱歉的表情問我。這下躲不掉了，我如果要冒充阿公的話，必須在一秒鐘之內回她的話，一切才會自然得跟真的一樣。於是我當機立斷：

「好啊，我拿回去給我孫子玩。」

終於講出來了！終於講出來了！我這輩子第一次站在阿公的高度上所做的發言，終於出現了。這像不像阿扁當上總統，講了第一句話之後的感覺？（他說了什麼？他說：「阿珍，我們當總統了耶！」，是這樣嗎？）在當今社會「阿祖」日益遞減的情況下，「阿公」應該已經算是一個備受尊崇的位置了。是吧？我因此在剎那間居然有一種冒充牛津大學博士的感覺（我輕扶了一下鏡框，眼光朝講臺底下數百名聽眾掃瞄了一回，今天的主題是『十八世紀中葉倫敦下水道工程的經費支付結構』，全場鴉雀無聲，就等我開口……），啊，這種扮演「重要他者」（也就是一個比你重要，常令你嫉妒的人啦）的感覺真是爽快啊！是不是每個人的潛意識中都有一個當阿公的慾望？從爸爸變阿公真的是一種境界的提昇嗎？

更重要的是工讀生小妹這時有了一個非常適當的回應，她絲毫不掩飾心裡驚訝地把兩顆眼珠子跟兩個鼻孔一起撐得比雞蛋還大，然後用很巨大卻又很清楚的聲音喊說：「你那麼年輕，怎麼可能當阿公呢？」說完把一個公仔放進塑膠袋裡，連同剛剛買的一堆東西交到我手上，再補問一句，「你真的當阿公囉？」

我稍後微笑著走出那會「叮咚」作響的玻璃門，外頭黃昏的陽光曬在身上還真舒服。據一家雜誌社的調查研究，我這小鎮聽說是全臺灣四個最適合銀髮族居住的地方，現在看起來一點也不假。哎，我還沒當阿公就已經快樂成這樣子，有一天真當了阿公，那還得了？真是喔。

生氣

我揉揉眼睛，用巴掌在自己額頭上拍了兩下。眼睛花啦？怎麼看到阿姆家酒櫥裡的那瓶Chardonay藍仙姑動了一動。不只動一動，好像站起來又躺了下去。有鬼哩，跟人一樣。

「打蚊子嗎？不要把自己打成癡呆症喔。」阿姆他老婆自認為很幽默地邊煎魚邊跟我講話。晚上大夥到阿姆家聚餐，一年一次，每年三月的最後一個星期六，畢業到現在已經二十幾次，全都老扣扣了。大家輪流作東，七八個人輪，都是熟面孔。

阿姆愛酒。用喝的，用聞的，用看的，都可以。他家裡一堆酒擺著，上回拿了一瓶Calvet來，放在他那酒櫥裡還沒開，從沙發這邊看過去一眼便看見。瓶身雅緻，氣質獨特。因為眼熟，多看了一下竟覺得像親人。

那瓶Chardonay藍仙姑就擺在旁邊。

陸續來了幾人，客廳逐漸吵雜，阿姆他老婆炒菜不忘招呼，漆漆查查熱鬧得不得了。謙信的女兒載他來，只在玄關露個臉，跟眾叔叔說哈囉便要走人。漂亮的臉龐說：「等晚一點爸爸喝醉了再來載他回去。」大學剛畢業吧。青春無敵寫在臉上。像誰？怎麼跟那瓶Calvet一樣眼熟？

阿姆喊「開飯囉」時，藍仙姑又動了好幾下。這可真是靈異事件。我閉上眼睛整理我剛剛殘留的視覺記憶：躺著的瓶身直立起來，像個正在生氣，手插著腰罵人的女生，澎澎澎地跺了好幾下腳，隨後還左右搖晃了幾秒鐘，簡直就可以在玻璃瓶上看見憤怒的五官。

我在飯桌上提到了這件事。「剛剛有地震嗎？」我問。大家都專心吃飯，沒有人在意我的疑惑。謙信斷定我血壓高：「你只要減肥十五公斤，這種靈異事件便不會再發生。」隔了一會兒，阿姆像是忽然想到什麼那樣告訴我：「那瓶藍仙姑是美貞送的。」他似笑非笑地說：「我跟她報了一個樂透明牌，她中了一萬塊之後謝我的。擺那邊像不像把你們送做堆？」

啊。美貞。多久沒見到她了？這名字現在在我的記憶倉庫裡大概只剩下半顆米粒那麼大。可她曾經是一個豐滿而美麗的靈魂，白羊座，積極熱情，獵人般的執著，整天跟著我晃來晃去，小倆口看起來比蜜還甜。直到有一天我突然像一溜煙般地在她的視野裡消失無蹤……

多久了？難不成她到現在還恨我？還會像那瓶酒那樣，手插腰跺腳罵人？哎！真是見鬼啦。

一樣

阿畢老師腦裡才閃過一個「哪裡不對了？」的念頭，一股像airwaves口香糖般的涼意便從兩腮下方浮起。隨後心慌手麻，覺得眼前一些東西全走了樣，簡直像聽到鬼歌，香港電影裡常出現的那種不三不四的鬼歌。聽了之後像他現在這樣全身凍未條地毛骨悚然，抖得像隻甫遭雞姦的羔羊。阿畢老師毫不遲疑，立刻站起來往外走，邊走還邊擺動雙臂練外丹功。這是王主任教的活兒。說一天甩個三千下，無病無災到公卿。三分鐘前，阿畢老師跟坐在旁邊的秋香怨嘆這校長也真是的！大年初六不讓人在家好好待著，全叫來學校團拜幹嘛呢？這會兒果然身體抗議，某條神經鬧起脾氣想回家了。不知道為什麼，心慌手麻的感覺持續不退，第六感作祟？世界將要發生什麼大事了呢？也許地底三十公里處某個板塊正遭受擠壓，卡啦卡啦地就要爆發一個大地震。也許在學校禮堂上方兩萬英尺有一架搖搖晃晃的飛機正在死命掙扎。也許老婆大人一早洗衣服時在他的西裝褲裡發現一盒尚未開封的保險套，這會兒正怒氣沖沖地往學校衝衝衝。也許中共的飛彈已全部勃起，就要發射過來。也許昨天下午買的樂透彩券即將中八億元，全花蓮明天會有二十幾個女人排隊等著要嫁他。也許沒有也許的也許……

阿畢老師一口氣走到禮堂外面看見陽光普照後，趕緊大大地舒了一口氣，心曠神怡之餘還朝遠方做了幾個擴胸的鐵達尼號動作，心慌手麻的狀況於是大幅改善，腦裡一堆胡思亂想逐一退下（這世界並沒有要發生什麼大事，自己的身體健康也沒問題，簡直壯得像一頭每天慢跑的河馬……），萬法歸一，他很快便又回復到肚子餓想吃牛肉麵的純粹狀態。餓是好的，阿畢老師心裡想。只要不餓太久，從餓到飽會是一條充滿綺想的幸福道路。

可三分鐘後他一回到禮堂卻又心慌手麻了起來。這回更糟，除了手麻還起雞皮疙瘩。一粒粒密密麻麻地從脖子往頭皮竄。天上飛機飛，馬路有汽車跑，四周都是人在嚷嚷，大年初六團拜，怎麼搞的世界轟隆隆，好像所有的聲音都湊到這裡來了。阿畢老師索性閉上眼睛，心裡直想著忍點吧，忍點吧，忍過臺上校長這段話便要回家了。就這時一道麥克風發出的尖銳雜音鑽進耳朵，阿畢老師心一慌（哎呀！這世界瞬間變成一望無際的大墳場），強烈感覺到自己即將在下一秒鐘死去。可他沒死，而且隨後恍然大悟，原來就是這聲音！剛剛校長走到臺上要說話時，麥克風就是發出這同樣的聲音！那聲音剛剛爆了好幾次，鬼歌的幽靈就是從那裡頭鑽出來的。

這一切熟悉得像李仔糖（夏天、蟬鳴、柏油路、赤腳小孩）。一種比白堊紀還遙遠的熟悉感在腦裡縈繞。阿畢老師低下頭，想抓住當下這虛無飄渺的感覺。那是什麼？一道可以劃破耳膜的尖銳音響。以及，那背後的某一次記憶、某個模糊的年代。他有點印象了。好久以前，一個天色略顯陰暗的下午。臺北一個寬闊的路口，一名男子站在小貨車上，手拿麥克風大聲喊話。聲音從喇叭竄出，跟四週的風和雲纏繞一塊。「啊。都還記得那些字眼哪！」阿畢老師低著頭想。一些激昂的、莽撞的極右派字眼。男子大聲說，青筋都浮在額頭：「各位……真是令人高興的日子……有酒就拿出來喝……可惡……壞蛋……通通槍斃……各位……真是大喜的……鞭炮……」阿畢老師閉上眼睛，讓記憶中一些零散的句子和影音在腦裡飄蕩。包括那浮青筋的極右派男子在移動身子時，麥克風所發出來的吱吱尖叫聲，與隨之而來霹靂啪啦大響的鞭炮聲音。那天，施明德在逃亡數十日之後，於西門町被捕……

打烊

河那邊的房子有高有低，門前一條小路差不多只能通過一輛車，路兩旁長了些草，偶爾有幾隻狗跑到上頭滾，自己玩給自己高興，小孩若是看見了便會追上去，天生自然地和狗打成一片。理髮店夾在那排房子中間，兩邊鄰居分別是一家家庭豆腐工廠和一間廢棄的木屋，看上去有點殘破，也因此來的都是熟客人，否則誰到這種地方剪髮？

九月天氣，傍晚五點半天色已見暗，她站在門口跟最後一位客人說再見。三興國中張校長，五十幾歲年紀地中海型禿頭的版圖越來越大，幾個禮拜來一次，每次一坐下便直摸著光禿的腦袋瓜感慨韶光易逝，人老得比狗快。「都不老就變妖怪了。」她隨口回應校長的話，然後順手接下他的眼鏡擺到鏡子邊，這一來校長便看不見她了。那眼鏡有一千多度，校長當年第一次來時，她還好玩試戴了一下，一戴上去世界全變了樣，哇，原來讀書人是這樣看世界的。那年三十歲不到，校長也還不是校長，校長那時候在山裡一所迷你小學教書，「從學校走出來要兩小時。」他告訴她。不過年紀輕什麼都不怕，沒老婆也不怕。她說要幫他介紹女朋友，他聽了光笑，不置可否。

前年中秋節前一天校長來，剪完後，兩個人一坐一站，一起看著鏡子裡的模樣，她把手臂搭上校長肩膀，似笑非笑地說：「時間過得很快，二十幾年囉。」那天她其實一整天心裡隱隱慌著，中秋假期過後要到慈濟醫院看檢查結果，前一陣子胃不舒服越來越嚴重，她沒往糟糕的方向想，後來是女兒逼她去大醫院詳細看，一看，病全來了。那個中秋過後，人生往下滑。

後來她的心情其實還不算頂糟，五十好幾歲，說不夠也夠，很多人得這種病，醫院的腫瘤科擠得像菜市場，挺嚇人的。她一個一個告訴多年的顧客，像校長這樣的好顧客，「我得癌症了……」，話還沒說完就在鏡子裡看到他們一個一個張口結舌的驚慌模樣，好像安慰她也不是（你如何能把腫瘤當感冒，叮嚀人家「多休息，多喝開水就會好」呢？），不安慰更不是，僵了半天反倒是她要安慰他們：「就定期到臺北和信醫院呀……也還好啦……」，頂多再「唉」嘆聲氣，便繼續邊聊這個或其他的話題，邊把頭髮給理完。

兩年下來她漸漸覺得體力不濟，剪髮要站著，每逢週日，除了平常顧客，還會多進來一些隔天要儀容檢查的學生，那一天她便會覺得整天站下來簡直要把腿給站到斷。剪髮剪了三十年，她最近首次興起把店關掉的念頭，剛知道是癌症時她還沒這樣想，那時想的是，萬一店關了人還活著，怎麼辦？不餓死大概也會無聊死。

去年她還去了一趟泰國，中華市場賣鵝肉的阿珠邀她，團費才一萬三，老公鼓勵她去，她便跟阿珠和幾個識與不識的歐巴桑首度出國開了洋葷，到泰國看人妖秀、大象秀、豬賽跑、五世皇柚木行宮，做精油按摩、藥草蒸氣，泡水療池，喝養生茶，簡直像楊貴妃再世，真是大開眼界，搞得回到臺灣不想死了。

不死行嗎？朋友跟她說，腫瘤這東西其實不比以前可怕，誰誰誰幾年前如何如何，現在還不是依然健在，聽多了好像又覺得希望不小，大家都說要多運動，運動就會增強免疫力，免疫力夠強就百毒不侵，長生不老，啥米攏未驚啦！堂妹阿英邀她每天到美崙山運動公園爬山，說那地方氣氛好，朝氣蓬勃，每個人看起來都可以活三百歲的樣子，最適合她這種癌症病患去重建信心。

她從此每天一早六點不到便認真地跟堂妹去爬山，從尚志路的公園入口走進，一路蜿蜒而上，直達上邊有個可歇腳的涼亭。第一次走時頗被那坡度震懾住，總覺得放眼望去看不到盡頭，到底要走多久！這下才體會到林義傑那跨越沙漠的瘋狂跑步有多麼的可歌可泣令人崇拜尊敬。

走了一陣少說半年，咦，還真覺得身體有些改善，爬山時越來越不喘，平常也比較不覺得累，是不是癌症好啦？免死啦？她有時會偷偷想，或許就這樣每天低調、默默地練身體，然後趁閻王爺不注意時，悶聲不響溜出他的生死簿。有了這想法，她白天理髮時便不太和客人講運動的事，深怕講了便失效，運動成了不能說的秘密，後來自己想了都好笑。

她其實自認為並不怎麼怕死，死是怎麼回事？死就是人家再也看不到她，而她同樣再也看不到人家，也就是說，她跟這些人的關係，斷了，沒了。如果死亡是這樣，那它會很可怕嗎？聽起來好像一點也不會。有些小學同學畢業後沒再見過面，或許以後一輩子也不會再見面，那是不是可以說，彼此對對方而言，都死了，呢？好多年前開了一次小學同學會，忘了是誰提到阿新，「畢業後誰見過阿新？」有人這麼問。問了半天，居然沒有人在畢業後還見過阿新，半晌，阿弟仔忽然語出驚人：「我猜他死了。」阿弟仔認為那麼久沒有人見過阿新，就表示他死了。

哇，照這想法，那她理過頭髮的客人恐怕早死了一堆。新月酒家的李老闆多久沒來？以前有陣子每星期都來她還覺得納悶，酒家老闆怎麼會喜歡跑這種家庭理髮店？可是後來不曉得為什麼就不來了。還有誰？美準鐘錶行的歐吉桑也很久沒看見人，他以前一進來坐上椅子便閉上眼睛呼呼大睡，有時候剪好了還沒醒，她乾脆就讓下個客人坐另一張椅子，讓歐吉桑睡個夠。他現在人呢？好久沒看到他人了。稅捐處的老張也已經許久不見蹤影，有可能是調到高雄臺南或哪裡去了，他沒事都不回花蓮嗎？這些人整理起來可以寫一張紙，也許還真的要拿張紙記一記，否則再過幾年全忘光，那他們可就真的跟死掉沒兩樣了。

上個月她決定關店，這陣子覺得體內有大量的東西在流失，像大江東去不回頭的那種流失。跟剪頭髮不一樣，頭髮剪了會再長，被癌細胞吞噬掉的東西不會再長。她現在的生命是減法，一直減一直減，減到有一天會剩下零。她不知道是哪天，不過沒關係，現在就把店關掉，可以從容不迫地、禮貌地一一跟老主顧說再見，這不會是一件可怕的事，只是從此不再看到他們而已。從此，永遠，不再看到他們。

今天總共來五個客人，穆家小館的穆老闆、遠東鐘錶的小張、劉律師、花蓮客運的卡來桑、張校長。她一個一個告訴他們，店只開到今天，明天之後花蓮就不再有這家店了。每個人聽了不管有沒有誠意都露出驚訝狀，「真的嗎？太可惜了。」「怎麼回事？妳身體還好嗎？」「這下糟糕，我以後去哪剪呢？」……

張校長沒說話，他剪完後沒立刻走，就坐在長條椅上低著頭看壹週刊，一本雜誌翻左翻右也不曉得有沒有看進去，她在一旁坐著也沒找話說，五點多，不會再有客人進來，張校長會是她這輩子的最後一位客人，店即將打烊，她以後就再也見不到他們了。

死亡並不可怕，死亡不過就是以後再也見不到他們而已……

螞蟻錄

螞蟻來了

福仔博士身子往前傾，微凸的肚子抵住桌沿，他正透過手中的放大鏡仔細觀察編號007這隻螞蟻的動態。這螞蟻昏死了，它現在腦裡可能一片空白，也可能正在做一個美妙無比的春夢。福仔博士在牠身上塗了兩層化學藥劑，外面那一層是安眠劑，這玩意兒的氣味可以讓螞蟻007連續昏睡兩個鐘頭，等那塗劑蒸發之後才醒過來。而這兩個小時的時間，剛好可以讓春美從家裡開車一路抵達一百公里外的凱頓汽車旅館（那旅館位於市郊的一個小山坡頂端，從一條毫不起眼的小路蜿蜒而上，不知情的人會以為那上面是個養雞場）。007會在春美脫光衣服之前醒過來，然後爬出春美的Prada手提包，像個涉世未深的小孩子那樣，睜著圓滾滾的大眼睛好奇地看著眼前畫面：一個裸露的男人抱著一個裸露的女人。不過，007的出現並不會引起春美跟她小情人的任何注意。這世界上螞蟻太多了，隨便誰家孩子吃餅乾掉了一片碎屑，都可能招來一堆讓人頭皮發麻的螞蟻雄兵。一隻螞蟻算什麼？牠跟一粒灰塵一樣微不足道。沒有人會在乎一隻螞蟻的。不管007再怎麼魯莽粗心（譬如不小心撞到她們擺在床頭櫃的天仁綠茶或保險套，而「哎呀」地慘叫一聲），也無法引起春美小倆口的半點注意。

這正是福仔博士為什麼挑上螞蟻007的原因，誰會料到一隻螞蟻竟然是一位私家偵探？幹這種工作愈不惹人矚目愈好，沒有人會找個一百九十八公分的人當間諜的。007則完全符合福仔博士的要求：體積極小、沒有聲音（誰聽過螞蟻的聲音？）、易於控制（用福仔博士發明的生化藥劑跟幾粒沖繩黑糖，就可以把這隻小螞蟻訓練得伏伏貼貼）、絕不洩密。福仔博士下半輩子的幸福就靠這隻螞蟻了，讓牠先去把真相帶回來吧，沒有真相就沒有幸福。春美怎麼沒事會搭上一個小了十幾歲的男人？天啊，她還不夠老嗎？怎麼還在做年輕人做的事？這些福仔博士百思不解的事情要靠007才能得到解答。007，詹姆斯龐德，好耶。

春美明天下午有一堂鋼琴課。中年女子忽然跑去學琴，這跟小女生沒事離家出走，說起來是有那麼一點相通的。流浪到淡水，流浪到山葉音樂教室，道理都一樣。都是逃，拚命的逃。再說，福仔博士發現春美在家練的曲子已經三個月沒進展了。彈來彈去都是莫札特《小星星》的第一段，一閃一閃亮晶晶，永不熄滅的小星星。她到底去上課沒？福仔博士其實心知肚明，春美課是上了，不過教室換了，換到汽車旅館了。沒關係，都交給007吧，牠安眠劑底下那一層塗料是福仔博士精心研發的高科技奈米錄音濃縮黏液，那東西清清如水，只要在螞蟻007的身上抹一層，那麼方圓一公里之內的所有雜音都會被吸收進來，等007回來之後，福仔博士可以在實驗室裡把那層濃液還原成聲音，效果還真好，所有的聲音聽起來都像在耳朵邊。啊，竊聽的感覺可真爽哪！就靠你了，007。

報告博士

「請問博士，今天下午是不是有地震？」007歪著頭問。牠好像被震歪了。

「沒有呀！今天這裡安靜得像海綿，什麼都沒發生。」

「可是我從妳老婆的包包走出來時，站都站不穩，不是地震是什麼？」

「那是床動，還有你的心在動。」

福仔博士隨手按下一個按鍵，一堆聲音嘰哩咕嚕跑出來。

「你聽聽這一段，你剛爬出來的時候是不是聽到這些？」

007耳朵太小，沒辦法聽得很完整，乍聽之下，那些聲音像打架，尖叫聲跟嘶吼聲此起彼落，幾個字眼穿梭其中，「我」啦，「幹」啦，「愛」啦，還有一些感歎詞：「喔」、「耶」、「啊」之類的。男的聲音跟女的聲音分得很清楚，不會搞混。

「我想起來了。妳老婆跟她的鋼琴老師在玩摔角。」007說過後舔了一下黑糖。

福仔博士在牠身上的安眠藥藥效退了之後，便用這玩意兒繼續把這隻滿可憐的螞蟻控制得一愣一愣的。要牠往上走，牠絕對不會向下滾。比訓練過的獵犬還聽話。可現在這隻螞蟻卻這樣大剌剌地描述福仔博士心裡的痛。牠神色自若，好像在講一隻天竺鼠的紅杏出牆。

「我知道，」福仔博士黯然地說：「聽錄音就知道這是一場實力相當的競賽。」隨後博士將眼神飄向窗外天空，像一道絕望的水柱般射向天空。一會兒回過頭來又問007：「錄音裡面有一段完全沒聲音，可是描圖紙上的曲線卻是衝到最高點，簡單講，那聲音的音量跟音高已經超過錄音的極限，到底怎麼回事？那時候你看到什麼了？」

這下換007陷入沉思。想了半天，確定事情是這樣子的：牠從春美的Prada皮包爬出來之後，因為以為地震，杵在原地好幾分鐘不敢動，等整張床稍微安靜下來，這才聞到有一道撲鼻的甜味飄近。沒錯，正是福仔博士在春美的耳環上塗了特製的糖精，打算準確地誘使007往春美的耳朵爬，以便就近錄下更逼真的聲音。這一切都在福仔博士的算計中（博士年輕時念過許多行為主義的書而深受影響，他永遠記得大師史金納想要訓練鴿子開飛機的企圖，福仔博士其實已經超越前輩，他做到了把螞蟻控制成偵探），其中只有一個小失誤博士沒算到：當007走到春美耳環邊時，因為安眠藥和床舖振動所造成的頭暈，使得這隻小螞蟻竟一失足滑入春美的耳朵中。那是一個深淵，007在一整個山谷的迴音陪伴下直往谷底墜落。然後牠花了好幾分鐘努力向上爬，春美雖然年屆不惑，可她的皮膚還是不可思議地滑嫩，這表示007必須用力爬，牠必須緊緊咬住春美耳朵內部的肌膚，一步一腳印才能爬上去，這對於摔角中的春美是火上加油，也終於讓她狂吼出令福仔博士肝腸寸斷的高音。

「所以說，這一段空白是在你掉進她耳朵之後產生的。」博士沒看007，像一個人喃喃自語。「如果你的記憶沒錯的話，那這段空白其實是你造成的。也就是說，你他媽的咬到我老婆的性感帶啦⋯⋯」福仔博士忍不住吼了起來。

007尷尬得滿臉通紅。因為牠正好非常貪心地咬了一大口黑糖，崩落的糖屑幾乎把牠活埋，牠撥開身上的碎屑，像從爛泥巴裡走出來那樣狼狽地看著福仔博士。

「不要用這種表情看我，你沒做錯事，沖繩黑糖是滿好吃的，它讓我想起我的童年。」博士的臉漸趨平靜，他吁了一口氣說：「老實講，那段空白對我來說非常性感……你這死螞蟻是不會懂的……，呿。」

福仔博士當下腦海裡閃過無數個畫面：在某個荒涼海岸的堤防上，他趁春美不備時奪走了人家的初吻，春美迅速閉上眼睛，面色慘白有如雪印奶粉。他和華僑舞廳的紅牌舞女喬喬，一起坐在齊東街那家賣福州乾麵的小吃攤前吃消夜。結婚那晚他吐得像得了登革熱的海獅，癱在馬桶邊抱著馬桶叫媽媽。跟春美背對背像兩尊銅像般坐著。春美不見了。春美離家出走了。客廳如墳場，一有風吹草動，便咻咻咻似有萬鬼攢動。兩人第一次走入有座美麗庭園的濱海飯店，進入一間可以觀海景的房間，他為她寬衣，如蛇一般矯健地進入她的身體。他開車經過山腳下一條鮮有人跡的產業道路時，竟意外窺見春美熟悉的身影，和她身邊另一個從未見過的背影。他跟春美一起把花瓶摔破。他奪門而出，春美奪門而出……

這些畫面全部在一秒鐘內閃過，像是傳說中人要死之前會出現的一生集錦鏡頭。

一股寂寞的感覺從背脊直往後腦勺竄。他看著007苦笑了一下，隨後揮揮手，意思是說，任務完成，你可以走了，親愛的螞蟻。

人在旅館

跟春美說好到這家旅館度假倒是滿久之前的事。那時兩人冷戰方歇，狀似恩愛，興頭上就打電話訂了一間大套房，卻一直到今天才來。南臺灣、海灘、豔陽、藍天。一切都好。兩人住進來時已經下午三點多，他問春美肚子餓不餓，中午沒吃哩。

「好啊。這兩天純解放，想吃就吃，想睡就睡。」

「說打就打，說幹就幹。」福仔突然想到三十年前在成功嶺學的歌詞。第一次唱的時候覺得這詞直接得令人訝異。說幹就幹，幹什麼幹的？

「那就去吃下午茶吧。」福仔說。他沒跟春美提過007的事，從那隻死螞蟻帶回錄音之後，他就把整個事情放進腦子，擺在某個倉庫裡了。包括那段令人窘迫不安的空白，全上了鎖啦，到現在還沒拿出來過。

他福仔博士想當一陣子無所不知，無所不曉的上帝。

當上帝的快感是什麼？

「我先沖個澡吧。熱死人了。」春美邊往浴室走邊脱掉T恤，福仔低著頭吊眼看她，一道舊金山大橋橫亙在春美背部。如果到了舊金山，別忘了在頭上戴朵花。六〇年代大家都這麼唱，那時候肯定比現在好上一百倍。

春美在進入浴室前脱掉全部衣服，那身影的曲線像只沉穩的青瓷花瓶，隱約沁發溫柔。福仔心頭微震了一下，她跟她的小情人都是怎麼在一起的？都這樣搖曳生姿，蓮步輕移走進注滿溫水的浴缸？才想到，007錄回來的那段空白暮鼓晨鐘地又闖入福仔博士的腦海裡了。她到底叫得有多大聲？結婚十多年，她在床上的聲音都像被一顆不知道哪個山上滾下來的巨石給壓著那樣，一久，連福仔都覺得自己也被壓著，壓成一個勝利的V字型。肚子在底部，頭跟腳分別在兩側翹得老高，很卡通，很好笑，笑中帶淚，挺神的。她跟小情人可大不同。叫床的聲音直上雲霄，在福仔想像中，就好比阿波羅火箭在無邊的黑暗中不停地往前挺進，挺得太高太遠，不見了。所以007帶回一大片空白，一大片比什麼都可怕的空白。唉，就這樣消失在寂寞宇宙中的叫床聲。

福仔想著想著，一會兒便被那什麼都沒有的一大片空白給撞昏了。頭昏之餘，他竟開始有點懷疑這段空白錄音甚至那隻螞蟻007的真實性。真有這些東西？真有，那春美一點都不心虛嗎？她剛剛脫光光進浴室前不還回頭笑？要是沒這些東西，這些東西都是腦裡蹦出來的，那關在貯藏盒裡的007是什麼？盒子裡的十幾隻螞蟻個個身懷絕技，都讓福仔訓練得不是會翻筋斗，就是會跳火圈，難道都是假的？

房間裡的電視機開著。歐洲盃足球賽。地主葡萄牙想吞金盃，可列強環伺，一個個像等待咬人的狼，沒那麼簡單的。一片歡呼聲中，福仔看見一個球被吊得老高，直逼球門，一個葡萄牙前鋒箭一般衝到位，攔住球，第一時間拔腿狂抽，射門，進！哨聲急速響起，越位，不算。觀眾的歡呼像洩了氣，低沉的歎息聲如波濤般湧動。喔，葡萄牙。葡萄牙。

怎樣的射門才算？我射的門不算。鋼琴小情人射的門才算？福仔心裡彆扭地想。不被承認的球就跟不被承認的愛情一樣，射得再賣力也沒用。可是射門很辛苦咧，沒有功勞也有苦勞呀。浴室裡的水聲愈來愈大，福仔躺在床上好像還聞得到香皂味，這算什麼？一個知道老婆在外頭有男人的男人，正在等待老婆洗好澡之後，也能享有跟外頭男人一樣的快樂。這算什麼？

春美這時應該正仰著頭像尊裸女雕像般站著，全身上下接受數十道水柱的沖洗。她會喜歡那種酥麻感覺的，她的鋼琴小男友給她這樣的服務嗎？小男友到哪裡去了呢？小男友會不會先前就已經藏在浴室裡了？如果這樣，春美就可以堂而皇之地進去跟他做愛。他究竟長什麼樣？莫非007螞蟻就是春美的小男友？真如此的話，那福仔博士訓練007進入春美的耳朵，狠狠咬住她的性感帶，豈不是莫名其妙地為別人謀了福利？可是螞蟻那麼小，春美那肥滋滋的屁股不會把小螞蟻壓死嗎？

剎那間，福仔博士把所有的東西都搞混了。有沒有一隻編號007的螞蟻？春美有沒有鋼琴小男友？有沒有一段記錄了叫床高潮的無聲錄音帶？有沒有歐洲盃？葡萄牙的前鋒有沒有越位？這世界上有沒有一種感覺叫愛情？啊，生命中「有沒有」的問題太多，多到福仔博士都快要變笨蛋了。

一會兒水聲停下，春美開門，大方自然的撩人姿勢擺明著就是要福仔像隻餓虎般撲上前去。這個下午的炎熱的確駭人，尤其當福仔如春美所願，在迷茫中像個情聖般緊緊抱住春美時，從遠處看過去，這間豔陽下的旅館，根本就像一大把火那樣，在酷熱的太陽下燒了起來。一切的真真假假究竟怎麼回事，就變得一點都不重要了。

頒獎

下起雨來了。

風從左往右吹，一大片樹葉頂著風像艱苦行軍中的士兵。窗戶被汪開的雨滴覆著，早晨七八點這麼坐著看窗外印象派般迷濛蜿蜒的河真是舒服極了。莫內說：「懂得愛，就懂得我的畫。」你在心裡點個頭，隨後拿起桌上咖啡啜了一口，整個腦子一會兒便此起彼落地浮出一些往事。故鄉在幾百公里外，那些騷動的陳年往事通通在幾百公里外，跟眼前這潑雨的窗戶一樣朦朧，包括那個尷尬難忍的晴朗下午。三十年了，該怎麼看那天的事呢？你先是在嘴角泛出一絲笑意，稍後因為心裡有些不忍而讓臉上變得有點嚴肅，但再想下去畢竟又覺得好笑，沒多久終於忍不住還是哈哈大笑了起來。

你比她年輕，至少小了十來歲，她那時候很老嗎？不會呀！算一算不到四十，還是一個很能玩的年齡呀。你在電話裡不也感覺不到她比你多出來的那些歲數嗎？

「江姐，我們都久仰妳大名。中國小姐耶！我多麼榮幸可以跟一位中國小姐講話！」你說得很誠懇，雖然那是將近二十年前的頭銜。她在電話那頭笑得很開朗，很高興你打了那通電話的樣子。你邀請她返鄉出席一場頒獎典禮，一間迷你社區雜誌社舉辦的一項迷你徵文比賽，「很多朋友都跟我推薦江姐，他們最近常在八點檔看見妳，都想一睹廬山真面目啊。」這倒不假，即便她在八點檔裡不過演個戲份少少的阿姨，卻勾起不少人的記憶，記起那個曾經有中國小姐選舉的反共抗俄年代。

她很快便答應了。

「好啊！八月十二日星期六……下午兩點……可以，我記下來了。」她聲音聽來像把電話筒夾在下巴跟肩膀間，被誰掐了脖子似的。你隨後給了她雜誌社住址，再問當天要怎樣去接她？

「喔，這倒不用，有司機會載我去。」她恢復正常聲音輕輕地說。

這事情已經過去很久了，久到好像就要可以寫進歷史教科書，變成像霧社事件、三七五減租、退出聯合國這樣的事。

窗外雨勢彷彿變大了些，你拿起杯子再喝一口咖啡，「萬物稍縱即逝……」你心裡想。像這樣感覺良好的週末早晨，待會兒就消失了，待會兒老婆會起床，讀高二要上補習班的兒子會匆匆忙忙吃早餐趕著出門，雨會停，也許太陽會出來，你所不喜歡的中午幾個鐘頭後便來，萬物稍縱即逝。

她那時候算過氣了吧。十九歲選上中國小姐時她肯定美得像朵花，一堆人簇擁著討好她，說好聽的話給她聽，請她吃飯，邀她跳舞，捧著鈔票請她拍電影，就看她高興起來想理睬誰。

應該在她美麗如花的時候請她返鄉頒獎的。她會肯吧？像張惠妹，那麼紅的國際巨星不也是每年回臺東跟族人一起唱歌跳舞！花開堪折直須折，她當年若頂著現任中國小姐的光環回鄉，只怕比凌波或尼克森來臺灣還轟動，可變成前任當然就差很多了。

雜誌社老闆問聯絡得怎樣？「很好啊。她沒怎麼想就答應了。」你說。老闆臉上掠過一抹淡淡的笑容，有點不懷好意，說：「喔，那很好啊！到時候我去接她。」「她司機會載她來……」

你忘了當年接下來還跟老闆說了些什麼，倒是想起一則認識她的人都聽過的小故事：她搭飛機若是碰到有表格要填，老喜歡巴著空中小姐問東問西，好像不怎麼看得懂那些表格，其實她真正的意思是希望空姐在表上看到她的名字，記起她是二十年前的中國小姐以及當前八點檔的演員，然後驚呼：「天啊！妳不就是……嗎？」

不過這樣的事一直沒發生。

你想到美國的大聯盟。二十出頭的年輕投手用逼近一百六十公里的速球挑釁已經三十好幾的打擊手，咻咻咻，青春的白球如子彈般從從打者的眼前呼嘯而過，就欺負他揮棒的速度已經無法跟十幾年前相比，大家都只看當下，過去和未來通通不算。

當時你沒有意會到那麼多。事情很簡單：一個在二十年前曾經當選中國小姐的電視演員，基於鄉土之愛，同意在某個週末返鄉，擔任你工作的那家雜誌社的頒獎貴賓。至於這事情後來居然演變成一場災難，並且在你往後逐漸老去的日子中慢慢發酵，成為一個悲喜交集的寓言，就真的是你始料未及的啊！

你背後有一些窸窸窣窣的音響，孩子的媽起床了，你跟她講過這個故事，在她跟你一樣年輕的時候跟她講過這個故事。那時候你們一定笑成一團，也許還笑出眼淚。待會兒吃早餐時再跟她講一次，兒子也一起聽，也許兩人聽了都沒反應，這年頭稀奇古怪的事太多了，陽光底下沒有什麼好笑的新鮮事，就你還記得這些有的沒有的。

那天很熱，柏油路被太陽曬得冒煙，大家都躲到屋子裡了，一條大馬路上半個人影都沒有。你站在巷口，準備恭迎中國小姐蒞臨，不久，你遠遠看著一輛氣派的黑色轎車往雜誌社這邊開過來，非常成熟莊重的模樣，這時你心裡暗叫了一聲不妙，一股比京都念慈庵川貝枇杷膏還濃稠的尷尬從你的小腹直衝腦門。這，這是怎麼回事？我們在舉辦奧斯卡嗎？

想到這裡你臉上已經開始有點笑意了。你站起來，進一步走到窗戶邊，身子向前傾，把鼻尖湊在玻璃上，彷彿這樣就可以把自己完全融入外頭那一片迷人的雨中風景當中。一會兒聽到老婆問：「你吐司要奶油還是果醬？」這才回頭看到還穿著睡袍的老婆，當下倒突然有了一點小感覺：咦！她穿這件還蠻好看的嘛。

後來呢？後來車子停在雜誌社巷口的馬路邊，開車的司機（他是誰？是中國小姐的男友？還真的是她專屬的司機？）先下車，跟很多美國電影裡看到的那樣，lady first地彎腰欠身幫大美女開車門，隨後一隻穿著銀灰色高跟鞋的小腳跨出車門，接著帶出一片鑲有蕾絲花邊的裙擺。你記得你的臉部迅速露出糾結在一起的痛苦表情，因為你比這位前中姐多知道一件事：就是在你那總共三十坪不到的辦公室裡，現在連同要領獎的學生總共只有八位來賓參與這場盛會，而且雜誌社在最頂端的四樓，兩隻拼命搖頭的電風扇恐怕沒辦法將熱得跟火爐一樣的空間降低一丁點的溫度。唉！怎麼辦好呢？你原本以為她會穿著一身輕便的運動裝，像剛上過健身房那樣哼著小曲走進來，也許你應該事先跟她講清楚：「親愛的姐姐，我們只是一個小小小小的頒獎，千萬不要聯想到奧斯卡或坎城，我們充其量只是人家一個小馬桶的規模……」可這些話你全沒講，因此她的自由聯想便有如一隻青鳥般飛向了她的美麗新世界，那世界裡繁花盛開，富麗堂皇美不勝收，她這一身高貴的打扮顯得多麼出色當行。

你當下簡直就想不顧一切地逃離現場（這是你從小在尷尬時所喜用的技倆。畢竟人生總有連畢卡索都會閉上眼睛不想再看的風景），可是來不及了，當你看到她的小腳和裙擺之後三秒鐘，那位前中姐已經一身高貴晚禮服打扮（高聳的髮型、纖細光滑的脖子與雙肩、束腰、不輸孔雀開屏的拖地蓬鬆長裙），如一棵聖誕樹般地矗立在你眼前。她看著目瞪口呆的你說：「嗨！你是林先生嗎？我是……」

接下來她講了什麼話你全忘了，不是那麼多年後的今天才忘，而是當年就壓根兒沒聽進去。你那時候的腦袋比現在窗外這一片迷濛的雨景還更迷濛，在近乎夢遊的狀態下，你陪那位前中姐拎高裙擺從巷口走到巷尾，再一級一級地爬上炙熱的四樓，你依稀記得你那當過縣議員的老闆在門口堆著一臉笑容拍手歡迎，他身後有幾個晃動的影子，那些影子好像也因為誠心誠意地附和老闆而拍出了巨大的掌聲。

真是好久以前的事了。你的記憶把一切（所有尷尬的、失落的、憤怒的、感傷的、竊笑的、強作優雅狀的、張口結舌的、不知如何是好的片段）全攪在一起，讓當年的那個世界變得跟夢境一樣地既難解又迷人：年屆四十的前中國小姐像大人國裡尊貴的皇后，穿了一身華麗璀璨的禮服如巨人神偶般站在眾人中央，相較之下，你那略顯不知如何是好的老闆便在這記憶的夢境中縮小成小人國裡一個說話結巴的官吏。唉，這到底是怎麼回事呢？一些話語在空中飄浮：「非常榮幸……中國小姐……這是我們第一次舉辦……」那些在一旁等候頒獎的大人跟小孩（也就是得獎的同學與他們的媽媽或阿姨或阿公或阿嬤）個個面無表情，時間太短促，他們還沒學會用比較禮貌的方式面對這樣一位美麗的闖入者，而一切很快就會結束，因為那只不過是濱海小鎮在某個夏日午後一個比屁還無足輕重的活動，但活在冗長的歷史甬道裡的前中國小姐，卻帶著深刻的記憶翩然蒞臨，她的一身華服正是跟全宇宙宣戰的誓言：我會永遠年輕，永遠美麗，不管你們多麼驚訝，多麼不以為然，多麼狠毒地在我背後竊笑……

稍後你走到餐桌旁坐下，兒子剛剛匆抓了一個三明治出門，老婆邊咬吐司邊把才煎好的一顆荷包蛋推到你面前，白淨鮮嫩沒沾醬油，你拿叉子戳蛋黃，濃稠的蛋黃汁緩緩流出，你正要低下頭將它送進嘴裡時，聽到老婆碎碎唸：「要爸吃清淡一點，他就不高興了。你也一樣啦，知不知道這顆蛋黃的膽固醇有多少？爸還吃豬腦髓哩，真是……」

原本你想在餐桌上再講一次這位中國小姐好笑的故事，看老婆那麼嘮叨，便決定不說了。心想，就讓越來越大的雨聲把這一切都沖掉吧。

禮物

從這邊看過去，你面對木格子窗戶隨著音樂輕輕搖擺的身體，看起來像個寂寞卻又不甘寂寞的中學教師，週日冬天早晨，房間裡都是細川綾子的聲音，你喜歡她偏瘦卻柔潤的音色，女人應當如此才性感，一早從CD架上抓到這張，聽到她唱The shadow of your smile時忍不住擺動起身體，你甚至想像著正在跟一個女人跳舞，跳緩慢的布魯斯，你雙手搭她肩，她兩手繞到你後腰，十指微扣，似乎希望再幾個舞步就能被你摟入懷中。

幾分鐘前你剛喝過一杯咖啡和兩片塗了President不加鹽奶油的吐司，快兩年了，你搬到東部這濱海小鎮已經快兩年了，兩年的時間好像足夠讓你忘掉當初到這裡來的動機。許多事情像沒發生過，你女兒唸大學了嗎？你身體繼續在綾子的聲音中擺動，是啊她跑去唸獸醫都三年級了，唸獸醫的女生聽不聽爵士？聽「伊帕內瑪來的女孩」那種輕飄飄的歌嗎？邊聽邊練習幫鸚鵡打針囉？有些事真的像沒發生過，你好久以前不是超喜歡麻油雞？米酒一次倒三瓶，還沒煮好就先醉三分，可你多久沒煮了呢？都快忘了怎麼煮是吧？所以有些事就是會像做過，又像從來沒做過。這不是重點，重點是你會寂寞，你那房子靠海，高高地位居十樓，墊個腳尖幾乎都可以看到美國了。看起來不錯，就是一個人住容易無聊，說實話，這一兩年來你還蠻怕週末的，平常忙就忙下去了，而週末一早起來就會像現在這樣，聽音樂吃早餐，然後，不知何以為繼。

十點多的時候，樓下管理員用對講機告訴你有掛號包裹。你耳邊的音樂從剛剛到現在沒停過，今天早上你決定要全部聽爵士女歌手唱歌，爵士樂有男歌手嗎？有啦，只不過大家都忘了他們叫些什麼名字來著。你跟管理員說，好，馬上下去拿，一副很有活力的樣子，但其實你只是好奇誰會寄東西給你。自從大家都用e-mail後，越來越少人知道彼此的真實地址了，馬上就要聖誕節，誰寄聖誕禮物來呢？你決定聽完Nina Simone這首哀傷得不得了的慢歌之後就下去拿。

稍後你抱了一個比你想像中還大的包裹在Nina另一首輕快的歌曲中走回屋子。那是一個看起來像裝了一輛折疊腳踏車的紙箱子，但沒那麼重，不會真的是腳踏車，頂多是一床棉被或一個小電暖爐。你腦裡開始玩猜謎遊戲，希望能準確猜中箱子裡的玩意兒，也許這個週日早晨會因為這樣而變得有趣些。

紙箱子包裝得華麗貴氣，紙上圖案的顏色讓人想到巴洛克時期一些金碧輝煌的宮殿或是花團錦簇的庭園，有點假，甚至虛張聲勢，寄件人就是要用這種燦爛的感覺吸引你，但你腦子還一直縈繞著Nina Simone的聲音，這兩者的氣味不搭，Nina不會喜歡巴洛克，哎！這是什麼跟什麼，把包裹給拆開就是了，你儘想一些無聊的東西幹嘛？

誰寄的？其實你並不知道是誰寄的。箱子上有寄件人姓名跟住址，但你並不認識，大概都是假的。有人想跟你開個玩笑，希望你今年聖誕節痛苦地擁有一個解不開的謎（猜猜我是誰啊？你一定忘掉我了對不對？記不記得有一年夏天，我們一起摔到明義國小前面那條大水溝裡……），真是見鬼了，是誰有那麼多閒功夫玩這種遊戲呢？你才這麼一想，手頭便自然而然地加了把勁，刷一聲撕下一大片漂亮的包裝紙，然後你看見裡頭的紙箱摺蓋處有條縫，便順著縫隙隨手一拉將箱子扯開，一副想快點一探究竟的模樣，這一扯發現箱中有箱，裡頭有個小了一號的箱子，看起來也裹了一層包裝紙，這人到底在做什麼呢？

你開始想像這人是誰？首先鑽入你腦海的是你前妻的男友美國青年吉米。為什麼是他？這個披頭散髮自命前衛藝術家的紐約男子，兩年前幾乎不費吹灰之力就把跟你處於破裂婚姻狀態中的老婆拐走。你見過他幾次，冷靜想想，你還不得不承認你那酷愛畫畫的前妻的確比較適合這個阿凸仔。你們從頭到尾保持了良好的風度，沒有社會新聞裡常見的那種打殺前妻男友的事情。吉米甚至還送給你一副他的畫，大家維繫了一些文明社會基本的虛假情誼。所以，他跟你的前妻在聖誕節前自認幽默地寄來這樣的東西是可以想像的。你隨後把裡頭那個小紙箱拿出來，發現外面包了一層印有日本浮世繪的包裝紙，剎那間你的頭狐疑地往右邊偏了一下，這會是吉米選的紙嗎？那畫面上透露的濃濃東洋風讓你直覺認為這箱子其實跟吉米還有你的前妻都沒有關係，你倒是想到了一家民宿的老闆娘，你的小學同學美女阿桂。在今年年初的同學會，當你們發現彼此都已離婚時，眼神曾經尷尬地碰了一下，這會是當天那個曖昧行為的結果嗎？

你忍不住笑了起來，音樂似乎越來越好聽了。那阿桂越老越漂亮，比小學時要好看一百倍，女人四十一支花，她不只一枝，她至少是一捧，一捧驕豔的玫瑰花。你輕輕地在喉頭讚嘆了一聲「喔」，然後懷裡抱著浮世繪小紙箱，跟一早一樣，隨著音樂擺動身體，不同的是你現在腦裡有個活生生的舞伴，這麼一來好像覺得又更充實、更幸福了。澎啪啪，澎啪啪，緩慢的華爾滋，緩慢的波浪，你忽地感受到某種消失已久的生命節奏。人生是個謎，要如洋蔥般層層剝開才能一窺究竟。剛剛這巴洛克包裝紙的第一層不就把可愛的阿桂的浮世繪藏在裡面嗎？不剝掉怎知裡頭的豐美呢？你眼睛閉上，感謝上帝給了你敏銳的第六感，才短短幾分鐘，你已經毫不懷疑這聖誕禮物是阿桂從遠方捎來的祝福與期待。你邊搖晃著身體邊想該如何回應這番美意，音樂是Keiko在「白日夢」專輯裡唱的「給黛比的華爾滋」，你在她磁性的嗓音中想到人生所有可能的美好，你覺得從這十樓看出去可以看到全世界，啊，感覺真是太棒了！

再拆一層吧，那浮世繪底下還有什麼驚喜呢？生命成長就是一連串的新發現，以今日之我向昨日之我挑戰、挑逗、挑釁、挑剔、挑撥。在這個原本無聊的早晨而能有阿桂這樣的包裹寄來，那層層的包裝不正暗喻了人生的複雜和無所不在的契機嗎？果然，浮世繪包裝紙一撕開之後，你看見了一排幾乎令你勃起的誘人唇印，個個鮮紅飽滿，顯然是阿桂用她溫潤的雙唇一一壓到雪白的紙上的，想想那壓唇的動作吧！你身體輕微抖動了一下，腦裡浮出了一個散發著情色意味的畫面：剛步出浴室的阿桂穿了一件薄紗睡衣（多麼奇妙的介於看得見與看不見之間的布料啊），在梳妝臺前緩緩坐下，拿起豔紅的唇膏塗滿嘴唇，隨後俯下身子親吻桌上的白紙，一個接一個，一個接一個，你想像她那俯仰之間隨之婀娜蜿蜒的身形，再印證你當下眼前紙箱上的這一排唇印，你的幻想（是幻想嗎？還是真實的想像？）達到了頂點。在這熾熱的氛圍中，你當然不可能停留於此，你要再撕開，再撕開，這唇印的底下但願是一顆心，一顆阿桂的已無法等待的激動的心。

撕開後你看到了一個透明的壓克力盒子裡裝了一個可愛的俄羅斯娃娃。你當下有點困惑，但很快就懂了。聽過俄羅斯娃娃的故事嗎？這種娃娃一個套一個，當我們把最裡面、最小的那一個抓出來後，可以對著它許願（給我愛情吧，給我智慧吧，給我金錢吧，給我一切我想要的東西吧……），再鄭重警告它：「如果不能讓我如願的話，聽好，我會讓你永不見天日！」隨後一層一層套回去，再把它當個小妖精那樣供在自家的櫥架上，期待願望實現。

原來阿桂寄那麼大紙箱來是讓你許願的，這性感的邀請在今天這種有陽光的早上顯得格外動人。那就快點把小娃娃拿出來吧，拿出來說好話，許好願，可是要說怎樣的好話？許怎樣的好願呢？你邊拆邊認真地想，套在底下的娃娃一個小過一個，娃娃像誰？誰都不像，不像瑪丹娜，也不像瑪麗蓮夢露，當然也無像阿桂，濃眉小眼，憨態可掬，大概只能確定是個女娃，誰都不像。這無所謂，不就許個願嗎？娃娃像誰有什麼要緊？話是這麼說，可不知道為什麼，你接下來忽然覺得既然這娃娃誰都不像，事情就變得有點索然無味了，好像一切都對不上，都落空的感覺。好幾分鐘過去，你卻一點也不知道有什麼話可以對著娃娃說，你停下來，拿著它走到木格子窗戶旁邊，窗外的海水那麼藍，冬日的陽光那麼迷人，慵懶的爵士樂那麼好聽，你為什麼連許個願都許不出來呢？

剎那間你覺得這個早晨有那麼一點荒謬。而你在一個荒謬的早晨莫名其妙想念小學同學阿桂是既荒謬又荒唐！宇宙裡的一切隨時都像萬花筒那樣在變化，你好像剛從夢中醒來，先前那難已遏止的激情已瞬間隨夢消逝。這紙箱誰寄的？你現在為什麼會覺得阿桂其實正在她家廚房準備她兒子今天運動會的午餐，跟這紙箱一點關係也沒？我們到底要在哪個時間點判斷真實？墮落的你跟慈悲為懷的你哪個有較多的真實？你好像忽然被手上這個面目模糊的俄羅斯娃娃給搞糊塗了，一切顯得輕飄飄，一切都沒有意義。你看著窗外，想像著如果你是一隻鳥，就可以從這十樓躍出，輕飄飄地飛向大海而不再理會這些。可你不是，你足足有八十公斤重又沒翅膀，這真是一個令人絕望的事實，你除了不確定的幻想，什麼都做不成。最後，你終於順理成章地把氣都出到娃娃身上，你已經不想知道是誰送你這個聖誕禮物了，你打開窗戶，把相信包有答案的最裡邊的娃娃，在李敬子唱What a wonderful world的歌聲中，用力朝大海的那個方向擲去。

事件

1.

一早阿靜看著三個白裡透黃的荷包蛋放在雪白的瓷盤上時，心情開朗得像一望無際的平原。秋天的早晨，窗外有風，從廚房這邊看過去可以看到一排微晃的欖仁樹葉。待會兒何軒會把還有點睡眼惺忪的臭弟仔拉到飯桌旁，讓他吃下土司夾蛋和一杯愛心牛奶，然後開車送他到十公里外一家收費不低的私立小學，自己再到公司上班。父子倆出門後，阿靜會把電視節目「早安臺北」繼續看完，今天教最新引進的日本簡易健身操，每天十分鐘常保青春。一切井然有序，一屋子滿溢著幸福的滋味，阿靜坐下來啜了一口牛奶，等著聽見臭弟仔跟他爸的腳步聲走近。十幾分鐘後，臭弟仔比他還在喝咖啡看報紙的老爸先吃完早餐，一個人拎著書包搖頭晃腦走到車庫等。阿靜提醒何軒，晚上回來記得到龐畢度買棍子麵包，何軒盯著報上新聞沒吭聲，一會兒聽到臭弟仔在車庫喊：「把巴，走啦！」便起身跟阿靜說一聲BYE走人。阿靜等他出去後把大門關上，轉身走回沙發旁坐下，不久聽見何軒發動車子，一會兒電動門嘎啦嘎啦捲起又放下，然後車聲漸行漸弱，她這才打開電視，準備好好把節目看完，享受一下專職家庭主婦至大的樂趣。

2.

他睡得太沉，剛醒過來時覺得世界朦朦朧朧，什麼都看不清楚，好像連自己的樣子都需要花點力氣才辨認得出來。小聰一個人睡隔壁，這可是當年他花了一整個月才談判出來的結果，艱辛程度不輸以巴和談。「小聰六歲了，要當一個勇敢的小男生喔。」那時候他把兒子的臉抓到自己的鼻尖前邊，誠懇正經地說。兒子搖頭說不要，不要就是不要。更早先，慧珊說走就走的那個月，才三歲啥都不知的小聰每天睡前總會哭著找媽媽，他不得已央自己的媽媽來救急，沒阿母，阿嬤也好。兒子折騰了許久後接受現實，每晚讓阿嬤豐滿的身軀抱著呼呼入睡。然後一年一年慢慢升級，跟阿嬤睡之後跟爸爸睡，再獨立自主一個人睡。

這會兒他們父子倆騎了一輛摩托車往靜安國小去，小聰書包揹後面，兩隻手臂張得大大扣住他的腰。七點多，上班上學的還不少，小聰一開始臉貼著爸爸的背，一會兒像是想到什麼開口跟他說：「爸爸，我今天要跑運動會。」什麼意思跑運動會？「就聖誕節的運動會啊。今天要先練習比賽。」「很好啊！加油喔！」他轉了半個頭跟兒子笑笑，不曉他看到了沒。隨後一回頭看到前方紅燈，便慢下速度，在紅綠燈前停了下來，父子一起浸泡在吵雜的車聲跟煙霧中。

3.

玟萱回到家已過七點，她把巷口山東麵館買來的水餃連同醬油倒到盤子上，昨天煮的一鍋雞湯還有一半沒吃，待會兒加熱喝，暖暖胃。十月天氣已有些涼，今天運動會練習又發生那樣的事，昱倫被小羅素絆倒，摔成四腳朝天不打緊，頭還撞上了跑道旁一顆堅硬的石頭，剎那間血流如注，玟萱嚇得彷彿是自己失手殺了他，神智不清的情況下覺得有許多老師跑來幫忙，她不太記得自己做了什麼，只記得後來救護車送昱倫到醫院時喔依喔依的聲音。

放學後她立刻趕到醫院，昱倫的爸爸跟媽媽神情嚴肅，不怎麼跟她說話。小朋友逢了二十幾針，包著紗布的模樣誰看了都心疼。小羅素的爸爸也到醫院表達歉意，一道低沉的氣壓在急診室徘徊，這是玟萱教書第二年，以前學校沒教過這種流血事件該怎麼處理，她都快哭了。

稍晚她騎摩托車回家時，想到昱倫的爸爸剛才好像講了一句「明天再說吧。」

她竟不由自主地握著方向盤打了一個冷顫，覺得當下迎面而來的風特別陰涼，接下來還會有什麼事嗎？這種不確定的感覺一直到她吃完十顆水餃和半鍋雞湯，並跟男朋友講述了事情的經過之後才逐漸消去。那晚睡得跟平常一樣香甜，倒也沒什麼異樣。

4.

賴芳如經過側門旁邊那一大片草地時好像聽到校長說話的聲音，斷斷續續，不是很清楚。那裡靠近校長室，平常很少同學會去，賴芳如是因為看到一隻很像臺灣藍鵲的小鳥往那裡飛，才一路追趕過去的。

果然是校長的聲音，跟在升旗臺上講話的感覺不一樣。講臺上的校長像慈祥的爺爺，現在比較像一個精明能幹的叔叔，那種口氣聽起來有點陌生，賴芳如覺得自己似乎偷聽了別人的秘密，有點不好意思了起來。

「我看這樣行不通……」校長說。

「我們一切合法。不但合法，而且合情、合理。」另一個聲音不急不徐，像從一道緩坡慢慢滑下的自行車。

賴芳如找不到美麗的臺灣藍鵲，便在校長跟另外一個人的說話聲音中離去。聽起來，那裡頭好像有很多秘密，他們恐怕還要再談好一陣子吧。

5.

雖然昱倫受傷讓他們心煩，但昱倫的爸媽當天晚上關燈睡覺之後還是盡情地做了一次愛。之後兩人赤裸裸躺著，在昏暗的光線中各自看著天花板胡思亂想。昱倫還是幾個月大的小baby時也常被光溜著身子擺在他們中間，三位一體，渾然不可分離。現在昱倫慢慢大了，漸漸有一些他自己的事，跌破頭可以說是他自己的事嗎？他一年大過一年，發生在他身上的事情會越來越獨立，有一天父母會管不著，那時候他們想必很老了，老到不想做愛了。那一天會很快就到來嗎？

6.

崔主任把康康他爸手機拍攝的影片看了一下，赫然發現小羅素並不是不小心絆倒昱倫，他那隻腳算準時間往前伸，讓快跑中的昱倫勾個正著，是很明顯的惡作劇。昱倫跌倒那剎那，小羅素笑得好燦爛，要到接下來昱倫頭撞石頭迸出一大片血，那笑容才驟然像被塗了三秒膠，瞬間凝結成一個呆愣愣的面具，整個人嚇得動也不動地杵在跑道旁。

這該怎麼辦好呢？崔主任把玟萱老師叫來，在電腦螢幕上放了這段影片給她看。玟萱反覆看了好幾遍，邊看邊露出不可思議的表情。

「這孩子怎麼會這樣呢？」她近乎喃喃自語地對崔主任說話。

其實這倒也不是什麼不可思議的事。哪個小孩不頑皮呢？報上不也寫過有小朋友放圖釘在女老師的椅子上，把老師白抛抛的屁股扎成鮮花朵朵開的苦命肉蒲團？重點是，既然這段影片已入了江湖，昱倫他爸爸百分之三百會看到這些畫面，人多嘴雜會激盪出許多火花，該如何稟公處理才好呢？

「妳有什麼看法？」崔主任起身泡茶，背對著她問了這句話。那口氣像是要她自己好自為之，頗有撇清責任的意味。

玟萱一時沒說話，她當下腦裡只想著今天晚上就不要再吃水餃了吧，晚上小巴補習班沒課，要他帶一碗中華電信旁邊那家小麵店的魯肉飯來。她想跟他談談，這世界怎麼搞的？挺亂的耶！

7.

何軒問阿靜：「妳為什麼喜歡這種硬梆梆的東西？全法國的麵包都做成這副德性嗎？」他們這頓晚餐各吃各的，包括臭弟仔。何軒吃「鐵道」的咖哩牛肉飯，臭弟仔吃麥當勞的勁辣雞腿堡，阿靜吃何軒帶回來的「龐畢度」棍子麵包。今天是大家說好的「口腔胃腸民主日」，一周一次，一家子各自都有絕對的飲食選擇權，誰都不必牽就誰。

「這裡頭學問大，說了你也不懂。」

「今天黃昱倫頭破掉了。」臭弟仔突然插播新聞，跟電視上播的那些一樣，不是驚悚不出口。

「怎麼啦？」何軒和阿靜異口同聲問。

「跑步摔倒啦。」

「現在呢？」

「救護車送他去醫院，老師一直哭，班長說黃昱倫可能會死掉。」

「不要亂講話！」阿靜咬了一口麵包後，語音含糊地罵了一下臭弟仔。

「怎麼會這樣呢！」何軒嘆了一口氣，繼續吃咖哩飯，沒再說什麼。

8.

小羅素他爸看晚間新聞時電話響，電話另一端一個不熟悉的聲音在問話：「是羅同學家裡嗎？」聲音有點濁，一副應該先咳一咳再說話才比較對得起聽話的人的那種音色。

「請問哪裡找？」羅爸爸稍稍皺了眉頭，晚上少有人打電話來，最近接到的幾通不是推銷就是詐騙電話。

「我是黃昱倫的叔叔啦，昱倫的爸爸這兩天比較忙，要我幫他打個電話問點事，你是羅先生吧？……」

電話中靜默了片刻，小羅素他爸感覺到對方口氣裡一股明顯的意志，不太友善，不過還不到惡意的地步。黃昱倫的叔叔？那不就為了那段手機影片來興師問罪的？傍晚接小羅素時，玟萱老師給他看了那畫面。他除了訝異之外無話可說，在車上便狠狠罵了小羅素一頓，罵到小羅素像被瘋狗咬掉一塊肉那樣又驚又怕地嚎啕大哭。

可這些昱倫家人都沒看到，他是打算明天帶小羅素登門道歉的，他叔叔現在打電話來，是認為他在包庇孩子嗎？

「是。我羅文敏。」

「羅爸爸看過手機影片了吧？」

「老師拿給我看了……」

「唉！你們家孩子那麼皮，我們家昱倫頭破那麼大的洞，怎麼辦好呢？」

「……」

「羅先生……」

「你真是昱倫的叔叔？」

「你以為我是誰？」

羅爸爸沒說出口的是「我怎麼知道你不是詐騙集團？」

小羅素的犯行很明確，可是他們父子倆會受到什麼程度的回應卻不清楚，事情變得有點棘手，山雨欲來風滿樓，一隻蝴蝶拍了一下翅膀都可以引起一場大風雪，你還怕小羅素絆倒人家不會引發一場腥風血雨？

這樣說好像太嚴重了喔？話雖如此，可是這個一通電話就打電話到家裡來的男人，要的到底是什麼東西呢？

「黃先生，我們明天到學校談一談好嗎？」小羅素的爸爸近乎低聲下氣地說。

9.

胖忠不知不覺地把話機抓得死緊，他有點動了氣，因為對方口氣不好，臭臭的，簡直就要從聽筒裡飆出酸腐的惡味。兩人半天沒說到重點，對方直追問他跟小羅素的爸是什麼關係？「什麼關係很重要嗎？事情講得出一個道理才是王道。」他學電視上「什麼什麼才是王道」這種說法，隱隱然覺得有點時髦感。胖忠其實不認識小羅素的爸，他認識的是小羅素的媽，一個喜歡到海洋飯店地下室跳舞，講起話來嘰嘰喳喳的女子，胖忠買她的直銷清潔劑好多年，有時會聽她哈拉各路在地傳奇，昨天聽她說小孩在學校闖了禍，老公接到一個不怎麼友善的電話，有點不安。

「給我電話號碼，我幫妳問問看。」

他真的打了過去。在「講道理才是王道」的論述表達完畢後三分鐘，他才搞清楚對方身份。

「喔！你是昱倫的叔叔。」

「我代表我哥，我哥是老實人，不會講話。」

「要多會講話？不就是小孩摔倒嗎？」

「別人的孩子死不完。我可以告訴你，我大嫂已經三天沒吃沒睡了。」

「那你的意思是怎樣？」

「一百萬。」昱倫他叔叔在電話那一端好像連下巴動都沒動一下，就脫口而出一個驚人的數字。胖忠像塊巧克力般凝在那裡，他感覺他砸到某一種粗暴的東西，可他實在不知道那是什麼。

「什麼一百萬？」他一半裝傻，一半也真的不確定這話是什麼意思。一百萬是指錢嗎？胖忠瞬間腦裡閃過這樣一個超現實的念頭。

「一百萬新臺幣。」那聲音冷得像南極冰山，聽起來輕飄飄不太真實，不過意思倒表達得很清楚。對方接著說：「醫生診斷昱倫的頭被這麼一撞，智商起碼倒退三年。三年！你擔得起嗎？」

胖忠半晌沒說話，他腦裡浮起小羅素媽媽的模樣，豐胸細腰，跳倫巴時身體擺動起來深情款款，他在海洋飯店的舞池過目不忘地看過一次，這死胖子是不是在潛意識裡愛上了她？願意為她赴湯蹈火，死上一百次也無悔？

過了好幾秒胖忠才回話：「誰家孩子那麼值錢？沒死成要一百萬？」

這話夠狠嗎？他也不曉得，他只覺得對方丟來一顆邪惡的快速球，當下必須切中要害地反擊回去。

「明天我找人跟你談。」胖忠末了留下一句語帶威脅的話之後，便把電話掛斷了。

10.

賴芳如這次是因為看到老邁的校狗查理居然卯起來往側門那邊狂奔，才好奇地跟過去看，沒想到和上回一樣，她無意中又聽到了校長帶著秘密口氣的說話聲。哎呀！她真的不是故意去偷聽的，就那麼巧，好像每一次都讓她聽到。這回不僅聽到校長講話，另外一個聲音她也認得，另一個聲音是玟萱老師，玟萱老師的聲音細細小小，有一些話聽不清楚，校長比較大聲，讓人覺得好像快發起脾氣的樣子。

「妳認識黃昱倫的叔叔嗎？」校長顯得有點不耐煩。

「不認識。……不過聽別人說過一些他的事。」

「什麼事？」

「說他整天游手好閒，常在臺北的賭場混，他們家人也很頭痛。」

「喔……是這樣喔……他有打電話給妳嗎？」

「並沒有耶。」

「如果有，讓我知道。」

「怎麼了嗎？」

「沒事。妳先回教室吧。」

玟萱老師離開校長室後，賴芳如繼續坐在圍牆邊的老榕樹下，看著校狗查理懶洋洋地趴在地上曬太陽，這隻老狗剛剛一定是在做白日夢，夢見中了大樂透，才會這樣發了瘋般地亂跑亂叫。現在是午餐時間，她可以在樹蔭下多待一會兒，這倒不是想多偷聽一些校長的秘密，賴芳如對大人的秘密可是一點興趣也沒，她只是覺得這裡舒服極了，如果在這裡睡著，會不會跟愛麗絲一樣可以夢遊仙境呢？結果，仙境沒去成，賴芳如倒是接下來又聽到校長另一段聲調更高亢的談話。

「他要學校賠五十萬，他是什麼東西啊？……你認識？……嗯……嗯……我會小心處理……沒問題，……知道就好辦……沒問題……」

校長持續講了大概有五分鐘之久，賴芳如似夢似醒地聽到一些，也漏了一些，她後來起身要回教室時校長剛掛斷電話，從那個角度看過來正好就瞥見賴芳如離去的影子，校長心頭愣了一下，誰在外面？他隨後把頭探到窗戶外面看，看是一個學生正邊走邊跳地要回教室去，沒說什麼，只順手把窗簾拉了起來，讓整間校長室如同下班打烊般，陷入一片漆黑當中。

11.

綽號「土豆」的昱倫他叔叔傍晚騎摩托車經過市公所前面時，停下來買了兩份加了蛋的蔥油餅，坐在摩托車上趁熱才一下子就吃得精光。不久後他將車子騎到靠近柑園的建國路上，土虱晚上找他打牌，打牌前先打牙祭，先到土虱家吃頓土虱嫂的風味晚餐再上牌桌，特別會讓人覺得日子混得不錯，打輸或打贏就再說了。

要轉進興中街時，土豆在微暗的暮色中隱約感到對方車道好像有一股難以形容的力道正往他身上掃來，又重又狠，像俯衝的老鷹那樣有決心、有速度。土豆十五歲出來混，知道那個東西是什麼，是衝著他來、摸清了他的底、要他的命的某種意志。瞬間他驚覺不妙，當下踩了煞車，將車把往右邊猛力一扭，想掉頭走，沒想一輛黑頭大車開著亮晃晃車燈已到身邊，他甚至可以感覺到那車子引擎蓋的熱度跟車內駕駛陰狠的眼神，一切為時已晚，他自忖死定了，這下完蛋……

黑頭車在土豆連人帶車摔倒的剎那爆出巨大的煞車聲響，車子停住沒撞上來，土豆狼狽地坐在地上用有點慌張又有點憤怒的眼神看著車內的人，不認識，他不認識那些人，不過他知道他們都正在用輕蔑的神情瞪著他，這叫做警告，什麼都沒發生，只不過做點心戰喊話的警告。一會兒，車子緩緩閃開他，若無其事般地開走，土豆站起來，將摩托車扶正，在心裡頭惡狠狠地罵了一聲「幹」，可他也不知道該怎麼反應才好。事情似乎鬧大了，土豆卻不想就這樣縮手。一口氣吞不下去，不是嗎？這樣的一口氣誰吞得下去？小羅素害昱倫摔成這個樣子，校長跟議員這樣勾結污錢，不都是該死的壞人嗎？這口氣誰吞得下呢？敢這樣開車撞我！好！很好！夠帶種的。稍後土豆騎著車便一邊喃喃自語：「好！很好！」，一邊在腦裡盤算待會兒如何跟土虱研商出一個有效的對策，可以讓這些人通通一刀斃命！

12.

玟萱在農會旁邊的自助餐店吃飯時遇見小聰的爸爸，他邊吃邊看報，沒注意玟萱進來，玟萱想到前幾天小聰在運動會預演時，跑得像小鹿班比那樣的優秀表現，覺得應該跟他爸爸讚美幾句，讓家長高興，便端著盛了飯菜的盤子走過去打招呼。

「小聰的把拔，一個人來吃飯喔？」那張桌很大，玟萱看一旁空著便坐下來。

「欸？……是老師啊！老師也來吃飯……」小聰爸爸人客客氣氣，看到老師，報紙跟筷子都很自然放下，一副接著就要站起來打招呼的模樣。

「學校才剛忙完。」

「辛苦辛苦。」

「哎！每天都差不多。你們家長也一樣辛苦。小聰去上跆拳課嗎？他那天在學校跑大隊接力最後一棒，哇！一趟三，我們班都靠他耶，大家把他當英雄。」

「大概跟我一樣喜歡跑跑跳跳。以後去唸體育系好了。」

玟萱說完開始吃東西，一碗白飯搭配醬爆肉、魚香茄子、地瓜葉，結婚前能省就省，以後一路不知道要花多少錢。

接下來半晌兩人都沒說話，她吃飯，他看報，一會兒，小聰爸爸忽然輕輕冒一句：「現在的人是怎麼啦？」

玟萱抬頭看了他一眼，意思是，有什麼新聞嗎？

小聰他爸將報紙稍稍挪了一下，玟萱從對面方向看見上頭一張照片印得大大，有個人倒在一輛平躺的摩托車旁，那人頭部被塗了馬賽克，死了嗎？怎麼回事？那報紙是地方報，玟萱腦裡幽幽閃過一個念頭，是認識的人嗎？

「就一個擦撞車禍，把人家打成這樣。」小聰爸爸把報紙調過頭，也沒想玟萱正在吃飯，就讓她看個清楚。

報上說，目擊者看到一輛白色豐田車跟摩托車擦撞，原本應該只是個小車禍，沒想白色豐田車上立刻下來三個人，二話不說，棍棒齊下把摩托車騎士打得應聲倒地，隨後從容返回車上，揚長而去。彷彿以色列中情局特工在執行某個殂殺計劃般地乾淨俐落。

「現在的人心肝真狠！」玟萱看過後露出苦笑，把報紙推回小聰他爸的方向，繼續扒了兩口飯，只是不知道怎麼搞的，就覺得這張照片裡承載了很多不祥，有一種令人窒息的扭曲感，她幾乎聞到了一股從遠方飄來的淡淡血腥味，好可怕的感覺哪！過了一會兒，玟萱等不及將飯菜吃完，便在有點反胃的情況下，起身跟小聰他爸說吃飽了先走您慢用，隨後大步走出自助餐廳，才拐個彎走進巷子，就忍不住在牆邊吐了出來。

13.

照片裡躺在地上那個可憐的人其實就是胖忠。玟萱老師當然不知道胖忠是誰，更不知道他是小羅素愛跳舞的媽媽的一個隱形愛慕者。可是昱倫他土豆叔叔的朋友裡有人知道，小鎮很小，一個風吹草動或是誰放了個屁，有心瞭解的人都可以獲得自己想要的答案。胖忠在跟土豆打了那通電話，而且留下一句「我明天找人跟你談」的狠話之後，便已經注定了他過兩天會躺在路邊哀號的悲慘命運。當然這事情還沒完，因為他沒死成，他的一些朋友也都還活蹦亂跳地活著，這些人只要一息尚存，就會跟拜拜殺豬公一樣，大家禮尚往來，有去有回，被人吃一口，當然就是要跟人討回一斗，否則胖忠這樣被打得四腳朝天癱在地上，豈不比那病死豬還不值錢？果然，短短四十八小時之後，土豆一個參與了制裁胖忠的以色列中情局行動的朋友，被發現陳屍在阿蘭溪那片乾巴巴的河床上。代誌越來越大條，一些原本不相關的人現在好像都糾纏在一起了。不過這似乎也沒什麼好奇怪的，歷史上的每一場戰爭不都是讓一堆不相干的人死成一團嗎？一次大戰、二次大戰、越戰、韓戰、波斯灣戰……，不都是這樣嗎？

到目前為止，除了上帝和當事人，還沒有人發現這兩件不幸的社會事件之間的關聯，當然就更不用說注意到這兩件事其實源自於一場小小小小的小學運動會預演時的小糾紛，也就是兩個小朋友間比拉扯稍微嚴重一些的肢體衝突。可是上帝和當事人都知道這事情將會跟滾雪球一樣膨脹得讓人既詫異又害怕。玟萱老師想嘔吐的直覺是對的，而比嘔吐還糟的是，她可能會逐漸真正嗅聞到事件裡的血腥氣味，那當然意味著那滾動中的雪球已經離她越來越近，到後來恐怕會像一架失控的巨無霸飛機般，轟隆隆地墜毀在她眼前。

14.

一大早校長氣急敗壞地從計程車上下來，連關車門都「砰」地一聲充滿怒意。輔導主任林堅這時正站在校門口跟一個個上學的小朋友打招呼，看到校長這種不尋常的上班方式，連忙問道：「校長，怎麼啦？車子壞啦？怎麼搭計程車哩？」校長看了他一眼，什麼都沒說，便逕往辦公室走去，要過好一陣子，升過旗開過朝會，上了兩堂課，林堅主任才從老師之間漸漸傳出來的耳語中知道，校長的車子被砸啦！還不是普通地砸，是整臺車的玻璃被此恨綿綿無絕期地砸得稀巴爛，還斬了一個狗頭丟進車裡。哇咧！校長是跟誰結了不共戴天的樑子！手段如此霹靂！林主任用手掌拍了拍額頭，表示這種事已經超出自己經驗所能理解的範圍，怎麼會這樣呢？

學校整天都籠罩著一股低氣壓，有的老師走到校長室附近時會聽到裡頭傳出校長壓低音量的講話聲，老師們都頗有教養，雖然好奇，倒也沒有人故意放慢腳步或乾脆就站在那裡偷聽，但即便這樣，校長室附近還是顯得很詭異，尤其在快中午時來了一組警察之後，這所學校簡直就像個命案或什麼爆炸案的現場了。大家看到玟萱老師進進出出校長室好幾次，只不過走出來之後都神祕兮兮地面露微笑不說話，儼然陳敏薰的架勢。難不成那顆狗頭跟小羅素絆倒昱倫的事有關？不會吧？這彼此之間太風馬牛不相及了！而如果真是這樣，那就真是太扯了，扯到阿爾巴尼亞去了。許多老師議論紛紛，不過說來說去都差不多，沒有什麼勁爆的見解。一天下來天色漸暗，小朋友放學之後，老師也陸續回家，稍後，當附近住家傳來陣陣飯菜香時，還亮著燈光的校長室便慢慢隱入略顯孤寂的秋日暮色中，四下無人，看來，校長晚一點還是只能再叫計程車回家了。

15.

晚餐時阿靜告訴何軒她今天看到的驚悚事件。

「當街砍人嗎？」何軒吃了一口清蒸樹子鮭魚，他看起來還滿享受這頓晚餐，每個星期三晚上，臭弟仔會被喜歡音樂的外婆帶去學小提琴，一下課就接走，九點之後才送回來，一星期一次的這頓飯夫妻倆都吃得比普羅旺斯還有情調。

「我是說真的，很恐怖，沒想過會撞見這種事。」

「太陽底下還有新鮮事嗎？」何軒又吃了一口鮭魚，外加一口波爾多的紅酒。

「不想聽就算了。」

「沒意見。」

沒意見還是要說。

阿靜硬是在口氣裡摻入了一些神秘色彩：「我早上看到小羅素他媽媽在家樂福的停車場被一個男的摑了一個耳光。」

那樣子像警察局長在記者會上宣佈破案，壓抑的聲音中夾帶著爆料的快感。

「怎麼會這樣？」阿靜的爆料內容引發了何軒的驚訝，他頭抬起來，手上還端著碗筷，準備聽下文。

「早上十點多吧，我車才停好，就聽到電梯邊的角落有人講話，說講話不太對啦，應該說是吵架，大概怕被聽見，聲音都壓下來，不過聽得出來兩邊都不爽。」

「妳不爽的時候，不用說話都聽得出來。」

「我怕她看到我，就沒下車。」

「偷窺。」何軒又開始吃飯，除了鮭魚，他還吃了不少茄子。

「你不要說，我越看越緊張哪！也不知道接下來會有什麼事，就看她們在那裡吵，聲音越來越大。」阿靜的聲音不知不覺中提高不少。

「那男的是誰？」

「不曉得。」

「然後呢？」何軒一副可聽可不聽的樣子，卻到了關鍵處還是會開口問。

「然後？然後就啪的一聲響得不得了，那男的打了好大一巴掌，小羅素她媽媽尖叫一聲蹲下去躲。」阿靜邊講邊比，一個弧形手勢差點要把何軒的筷子打下。

「打了幾次？」

「就一次。」

「哇！如來神掌。」

「你不要這樣，她很可憐耶！」阿靜邊下結論邊舀湯，一會兒湊到嘴邊唏唏疏疏喝了起來。喝一喝接下去補充：「最近聽說臭弟仔他們學校不太平靜，黃昱倫摔破頭的事情好像越滾越大，連校長都給捲進去了。」

「他們校長本來就不是什麼太正經的人。」何軒說這話時口氣稍稍凝緊了一些，好像要強調這句話的真實性。

「你看怎麼辦？臭弟仔每天在那裡上課。」

「能怎麼辦？又不是新流感可以請假。」

阿靜聽何軒這麼說，忍不住瞪他一眼，瞪過後站起來把自己的碗筷收到水槽，說：「我明天到學校問清楚，想想辦法。」

「應該的，應該的。」何軒說著又在杯子裡倒了一些紅酒，好像有要把一整瓶喝光的打算。

16.

整件事並沒有因為小羅素他媽媽挨了那一巴掌便停了下來。說起來，小羅素家裡這一邊現在已經不是重點，重點已經跑到胖忠，或胖忠的朋友，或胖忠的朋友的朋友身上去了。根據一位蔡姓地方記者的報導，警方因為在陳屍阿蘭溪河床的男子身上發現了胖忠的相片，而確定了這件命案跟幾位相關人士之間的牽拖。那張相片是拿來認人用的，就像美國特種部隊要在阿富汗山區找賓拉登，好歹總要知道賓拉登是長得圓的還是扁的吧？話說回來，砸人還要靠相片，可見雙方原本不相識，唉！這就令人感慨了，不相識怎麼會有那麼大的深仇大恨呢？

同樣令人感慨的是胖忠和土豆後來竟然在同一天內先後遭到槍擊。先是胖忠，那天一早胖忠還正在租來的公寓裡刷牙洗臉，盤算著待會兒去找武雄時要怎樣跟他描述對方的惡劣。忽然門鈴叮咚叮咚響起，雖然他說起來並不真的是混江湖的，不過對某種危機的先天警覺能力還是很不錯，尤其當他知道土豆那邊已經有一個傢伙被武雄的小弟先下手為強之後，他當然更是把這世界看成處處殺機，隨時會有仇家殺上門來。所以聽到門鈴後，他把嘴裡的牙刷從滿嘴的牙膏泡沫中拿下，躡手躡腳走到門邊聽外面動靜，過了半晌什麼聲音都沒，胖忠這才小心翼翼地問了一聲「誰？」，沒想這一聲讓外面的人有了聽音辨位的機會，瞬間立刻有一顆子彈「砰」地一聲穿透門板和胖忠的眉心。胖忠手中緊抓牙刷，硬梆梆地像個木頭模特兒那樣應聲倒下，乒乒乓乓推倒鞋櫃的聲音不知道上下樓層的人有沒有聽到，唉！那麼一大早的槍殺案，真是擾人清夢哪。

十二個鐘頭之後，土豆在深夜的外環公路上也被人家盯上了。當他拼命踩下油門，把方向盤往左邊打死，準備來個一百八十度的U型迴轉大逃亡時，腦裡竟抹過了一道淡淡的後悔念頭：也許他不該為了昱倫的事，背著哥哥跟一些人打要脅電話，也不應該有恃無恐地去恐嚇校長，雖然他是那麼理當遭到眾人唾棄。

當然，這剎那間閃過的懊惱念頭對他的存活一點也沒用，這一兩個星期來，他因為嚥不下那天被嚇摔在地上的恥辱，已經把自己當成失心瘋狂奔的野牛般豁了出去。胖忠被砸，被殺，校長的車裡被丟狗頭，乃至於小羅素他媽媽挨的那一記清脆巴掌，都是由他這具削瘦的幽靈所按鈕發動的。而這些事會為他惹來的後果他比誰都清楚，因此，當他後來全速在公路上飛馳時竟隱然有一絲絲的快感，事情即將結束，當一切的罪惡跟灰塵一樣，在天空飛舞一陣而終歸塵埃落定時，他土豆可以就此終結自己什麼都不如人的荒唐一生。

稍後，有人目擊了土豆的車在黑夜中飛快地凌空躍起，像顆沒算準的失誤飛彈般，嘩啦啦地就衝入公路旁一汪深不見底的潭中，致使隔天警方花了好大的一番功夫才把人車拖到岸上來。這時距離小羅素害黃昱倫跌破頭的那個下午不過是兩個星期的時間，有人喜歡說白雲蒼狗，世事無常，一個小鎮在短短的時間內發生了一連串莫名其妙的火拼事件，是否也可以用這樣的話來形容呢？

17.

很多年後的一個星期日早晨，玟萱老師在陽臺晾衣服時無意中聽到了許景淳唱的「你是我所有的回憶」，瞬間想到很會唱歌的小羅素在畢業典禮時也唱了這首歌而賺足了滿場師生的眼淚。啊！小羅素，是啊，那個頑皮的小羅素現在到哪去了？玟萱老師不經意往客廳裡看，女兒在飯桌上寫功課，老公坐沙發看電視新聞，那麼多年來好像就是這樣日復一日地過去，不管清晰或模糊的記憶都混雜到流逝的時間裡了。她已經記不清楚她當導師的小羅素那一班裡的許多人和許多事，她只記得小羅素曾經惡作劇地害黃昱倫摔一跤，跌得滿頭是血，那事情鬧很大，後來還有人死了。玟萱老師想到這裡忍不住打了一個冷顫，她不想再想這件事，便大聲叫女兒來幫忙晾衣服，一會兒聽到女兒走過來的腳步聲覺得溫暖許多，當下便決定，女兒走到身邊時，她這做媽媽的要給女兒一個熱情的擁抱，還要嗯嗯嗯地親吻她的臉頰，讓女兒受寵若驚，也讓自己受寵若驚地享受一個忘掉一切痛苦的假日早晨。

多了一天

年輕警員是阿美族，看起來忠厚老實，一副跟臺東的陳建年一樣，很會唱歌的樣子。吳素珊剛剛打一一九報案後，半天不見有人來處理。再打去派出所催問，電話那頭說：「人出去了，可是找不到你們那條巷子。」我跟吳素珊一起嘆了一口氣，哎！自己管區的巷子都找不到，這些警察改聘工讀生算了。

吳素珊新買的豐田Vios倒車時撞上了我的福特。我的老爺車沒事，她的寶貝新車卻凹了一大片。真是斯不可憐，孰可憐？還好她保了全險，也就是說，全臺灣跟她在同一家保險公司購買保險的人，將跟她共同承擔這件倒楣的事。保險公司會負責把她凹陷的車門修好，付掉所有的修理費，然後微笑著說：「希望下次還有機會為您服務……」。

一會兒車終於來了，年輕的阿美族帥哥警察開了一輛車頂有藍色旋轉燈的警車進到巷子裡，一下車便問：「什麼事？」嘴角微動，一副剛在「美而美」吃過早餐的樣子。「車禍！車禍！」我笑著跟帥哥警察說。這一說好像讓這件事情變得不太莊重。車禍就車禍，為什麼要面帶微笑呢？是不是暗指這種一天要發生千百次的交通擦撞事故，根本渺小到沒地方擺，叫你這麼一位大帥哥來處理，豈不是大材小用到了荒唐的地步？或者說，這麼渺小的事找你來處理，可見你根本就僅僅是一個渺小的人。

當然這只是我想，帥哥警察可沒這麼想。他先走到兩車的相撞點看。一看便皺眉頭。「怎麼撞成這樣？」他說的是吳素珊的豐田。聽他這麼一說，我不知不覺虛榮了起來，說：「我的就沒事，Mon……」我原本想秀一下我這輛Mondeo的德國血統，話到了嘴邊，怕惹毛吳素珊便又吞了下去。我怕她罵我納粹。

帥哥警察隨後拿出一卷軟尺開始丈量，他要我抓住其中一端，然後在他的精心指揮下，一會兒量前輪距離邊牆有多遠，一會兒算吳素珊那片凹陷的車門跟我的後照鏡構成多大的角度。雖然才早晨七點，可東臺灣這裡的陽光已經曬得讓人微微冒汗。帥哥警察剛剛早餐吃蛋餅時可能還喝了一大碗熱豆漿，才沒多久，我看他制服已滲出一大片汗水。

「哇！你好像在偵辦三一九喔。」我忍不住讚美他的認真態度。其實我對警察辦案的現場毫無概念。有的話就是來自早年的美國電視影集「檀島警騎」和「警網雙雄」，要不然就是電視轉播李昌鈺在臺南鑑定彈道的畫面。像帥哥警察這樣活生生在我眼前量東量西，好像在鑑識什麼重大刑案現場的模樣，可還是第一次碰到，挺鮮的。

一會兒，張老大晨跑完回來，一進巷子看到警車嚇了一跳。神情凝重地走過來詢問：「發生什麼事了嗎？」我往吳素珊那邊比了一下，笑著說：「吳老師為了要閃避一隻螞蟻，撞上了我的車。沒事，別緊張。」張老大這才聳聳肩，說：「哎，真是有愛心啊。」想想又覺得意猶未竟，再補一句：「真不愧是幼稚園的好老師。」

張老大站在逆著陽光的方向，讓我看不清楚他的臉上表情。這個失婚多年，才年滿五十卻已退休而坐領十八趴月退俸的中年男子，是不是喜歡上吳素珊了？

帥哥警察這時已經量得差不多，手頭的一張表單讓他又寫又畫地，弄得像南迴鐵路搞軌案的調查報告。「哇，好像很複雜哪。」「有嗎？都差不多啦。」他似乎覺得我在讚美他，口氣有點不好意思。隨後要我跟吳素珊在單子上簽名。「這樣就可以了。等一下打個電話到一一九勤務中心，說你們已經和解了，否則他們會來追蹤，搞不好說妳不當駕駛，要罰錢喔。」帥哥警察很好心地交待吳素珊後，轉身回到他那輛藍色頂燈還在打轉的車上。我跟吳素珊像主人送客般，並肩站在一起，齊聲跟他說謝謝，然後目視他的車子緩緩倒出巷子，消失在越來越亮的陽光中。

帥哥警察離開後，我跟吳素珊相視一笑，有一種戲演完了，要到後臺休息的輕鬆感覺。這撞車事件其實是昨天早上，也就是整整二十四小時之前發生的事。昨天一早吳素珊撞了我的車，因為趕著出門，沒處理。到了晚上才告訴我（啊，多麼像坦克的Mondeo！我竟然一整天渾然不知它被人家給撞了）。說保險公司的人要她第二天再撞一次。就做個樣子，讓警察拍拍照。要不然沒憑沒據，他們怎麼賠？

就這樣，我跟吳素珊其實在帥哥警察出現之前，已經花了好多分鐘把兩輛車喬成很悲慘的相撞模樣。這算是創造歷史嗎？我的子孫有一天可能會從警方的記錄中知道，某年某月某日，吳素珊的車撞上了他們某一個祖先的車。但其實不是，是前一天。如果這是一場死亡車禍的話，那我們在歷史上便多活了一天。在吳素珊還沒打電話給一一九之前，這整件事從某個意義上來說壓根兒沒發生（沒有描述，沒有調查，沒有記錄，所以沒有……），是我們讓它在一天之後發生的。天哪，這倒有趣了。這麼說來，我們究竟要如何看待事情的真假虛實呢？自己巷子裡的事都可以那麼沒個準兒，那麼，許許多多時間空間都更遙遠的事呢？譬如說國父推翻滿清，瓦特發明蒸汽機，蔣公愛看河裡的小魚逆水往上游，這些都是真的嗎？真是鬼才知道囉！

九條好漢

阿丙聆聽俊輝仔講述猥豔故事時，褲襠那裡總會失控地一鼓再鼓、三鼓四鼓，把整個人鼓得像正在搖頭晃腦唸唐詩的機器人。機器人屁股裝了金頂電池，連續晃個八小時也不斷電！這種如霧般的感覺其實還挺不錯的，有媽媽的味道。俊輝仔不知是真是假，講到嘴角全泡沫，哎，管他三七二十幾，爽就好，姿勢壞沒關係。

俊輝仔瞪著牛一般大的眼睛說：「那你就一定不知道囉，像她那種乖乖牌的女生一旦生猛起來是什麼滋味？……」他嘴唇邊牽了一絲神秘笑意，「吃過美乃滋加辣椒嗎？那種汗在飆，奶在跳的……感……感覺……，哎喲！少年的，你甘真正知道什麼叫做幸福？」

阿丙搖搖頭。這一方面表示他的確年紀尚輕，未經人事，一方面則是因為他聽俊輝仔講話太入神，一動也不動地聽到脖子都僵硬了起來，只得搖一搖頭，整理一下頸部關節。俊輝仔一時未能細察，以為阿丙純粹是因為聽到整個人淫蕩起來而搖頭，於是再接再勵，準備再講下一個。

「還有一次是給人家問路，卻一路問到眠床上……」俊輝仔的臉頰因為想笑又講得過於興奮而鼓了起來，整顆頭變得有點像當季的甜柿。「她問我亞士都飯店怎麼去，我說，小姐，現在都半夜十二點多了，海邊那裡那麼暗……」阿丙這時猛地插了一句進來：「聽你在放屁！半夜三更，鬼才跟你問路……」「是啊！我原本也想大概是佐倉公墓那邊跑出來的……喂！……我是在說什麼呀！」「是真的女人喔？」阿丙瞇著眼睛仰頭看站在他眼前臭彈的俊輝仔，中了邪般地連問數次：「是真的女人喔？是真的女人喔？」俊輝仔收斂起笑容，正色道：「是真是假，幹下去便知道。」「如假包換喔？」阿丙才受這麼一點刺激，褲襠便又卜卜卜地連三鼓。那感覺還是挺不錯的，有媽媽的味道。

阿丙就這樣在俊輝仔家的客廳讓俊輝仔折騰了兩三個小時。杜哈亞運裡的中華棒球隊都已經打敗中國隊了，俊輝仔還在講。客廳的電視機沒關，只不過俊輝仔嫌吵，光留畫面，不留聲音，一幫子海峽兩岸的球員在螢光幕裡跑來跑去全成了默劇演員，不過這無妨，光看字幕也能懂：一比零，一比一，三比一，三比二，四比二，哇！中華隊贏了。全場歡聲雷動。就只有阿丙遠在海峽的這一邊沉默不語，他這會兒正接受俊輝仔的成年禮震撼，棒球賽偷瞥幾眼便夠了。對阿丙這款的少年郎來說，女人的奶子恐怕要比同樣是圓滾滾的棒球來得有趣多了。

終於！（人生有很多必須尾隨個驚嘆號的「終於」：喔！你終於買車了！啊！妳終於擺脱那個臭男人了！唉！你終於開竅了！……）阿丙在中華隊贏球之後的第三分鐘，終於不再只是用身體跟眼神表達他的性慾，而是明明白白地用嘴巴說出。他對俊輝仔說：「俊輝，我已經聽到凍未條了……」隨後他呑了好幾下口水，跟家裡的狗兒子看到主人端出食物時，那種邊搖尾巴邊呑口水的樣子沒什麼兩樣。「既然你認識那麼多女人，」他停了一下，然後勇敢地說：「可不可以想辦法……找個辣的來陪我睡覺覺？」俊輝仔聽了眼睛一亮，咦！我們阿丙要轉大人了，「你幾歲?」「十八」「十八?好了，夠大了。可以殺共匪了。」俊輝仔未置可否，只眼睛看著窗外，若有所思，像是在尋找他第二個春天的樣子。半晌，才看著阿丙說：「可以呀！這有什麼困難的呢？」俊輝仔大概「全民大悶鍋」看太多，這句話聽起來有點像黎智英的廣東國語。

阿丙不管俊輝仔講的是廣東國語還是阿拉伯國語，他這下聽了可樂了。這有什麼困難的呢?是啊，剛剛俊輝不是這樣講嗎?阿丙大膽提問，小心求證：「你是說沒問題?」俊輝仔一掌往阿丙的後腦勺拍下：「講這什麼肖話！這點蚊子大的事還要問有沒有問題！你實在很不知道行情哪……」俊輝仔邊說邊搖頭，一副狗看不起貓的架勢。「那好，那好。」阿丙不停地搓手，打鐵趁熱，他接著問：「那什麼時候呢?」俊輝仔兩手一攤：「那就今天晚上囉。」

那就今天晚上囉。今天晚上廣島原子彈就要爆炸囉。阿丙再過半天就要轉大人囉。大家安靜囉。今晚可以聽到花腔女高音的美聲響徹雲霄囉。

阿丙激動地起立，五指併攏放到太陽穴旁邊。隨即朗聲道：「俊輝老大，小的在這裡跟你敬禮。」眼看著阿丙接下來似乎就要激動得跪下了，俊輝仔趕緊潑他一大盆冷水：「且慢，且慢。這款代誌不是你這個笨蛋所想的那麼簡單。你想跟人家睡，人家就要跟你睡嗎？」「不是嗎？」「你娘哩。又不是你媽，什麼不是嗎？」「喔！」阿丙輕嘆了一口氣，他已經被俊輝仔唬到弄不清楚狀況了，不就脫光光睡個覺嗎？怎麼聽起來好比那進京趕考，不是人人都配的哪！

俊輝仔稍停片刻後，神秘兮兮地對阿丙說：「有沒有聽過『開誠佈公』這句話，這種事情跟拜天公一樣，沒誠意是不行的！」阿丙洩了氣，問：「那怎麼辦？」「兩塊半。」俊輝仔眼睛骨碌骨碌轉了幾下，五根手指盤在胸前又按又捏，一副茅山道士準備施法大車拼的模樣。半晌，俊輝仔大叫一聲：「啊！有了。就這麼辦吧。」阿丙才剛褪下的神采，聽這麼一喊便又死皮賴臉地爬回臉上，

「怎麼辦？」阿丙的鼻子幾乎貼著俊輝的嘴。

「今天晚上，」俊輝仔坐下，點了一根煙，煙霧一飄，他說起話來便超有氣氛的。「今天晚上你去找九個跟你一樣的急色鬼……」「哎喲，老大，你怎麼講得那

麼歹聽……」「什麼難聽？我說錯了嗎？餓鬼擱假細意。卡有誠意啦。你沒聽人家說過孝順感動天？要當火山孝子就不要怕跳火坑。」「我什麼火山孝子……」阿丙挺著胸膛咿咿唔唔要抗議。俊輝仔又是一巴掌往阿丙後腦勺拍下，怒斥一聲：「囝仔人有耳無嘴，吵什麼吵！」

阿丙立刻將嘴巴閉成一個撒隆巴斯的嘴型，可很難得的在那樣的嘴型中又透露著愉悅的笑意，畢竟，今晚可是一個人生難得的洞房花燭夜哩。只是他不懂：「找九個人幹嘛？」阿丙問俊輝仔。

「集體打砲啊。告訴妳，我認識的這些娘兒們，一個個都是超重口味，不是爽歪歪的代誌，鬼才會來。」「真的喔？口味那麼重喔？」阿丙的表情變得像白痴，口水都快流到皮鞋了。

俊輝仔繼續交待：「這種事沒辦法在家裡搞的，把他們帶到你外婆家。」「做什麼？」「什麼做什麼！做你愛做的事啊。」「拜託。我外婆在家耶。」「安啦，半夜十二點吵不到她的。外婆幾歲了？」「七八十有了。」「有點老又不會太老。

重點是半夜十二點，她一定睡到美國去了。何況你們又不在屋子裡。」「不在屋子裡？……」阿丙的兩顆眼珠子一驚之下，都掉到褲襠上了。他音量不知不覺拉高：「不在屋子裡？……」

俊輝仔啜了一口鐵觀音，緩緩說道：「這有什麼奇怪的？沒看過A片嗎？那些荒野篇、叢林篇、公寓頂樓篇……，不是通通在外面鋪個塑膠墊就大幹特幹起來了嗎？」阿丙越聽越有道理，越聽越覺得渾身血液又被俊輝加熱到撲撲冒泡。唉！果真是個淫蕩的少年阿丙啊！

俊輝仔還沒講完：「妳外婆家外面不是有個曬穀場？你找九個跟你一樣身材一等一的少年郎，半夜十二點的時候，一起把全身脫光光躺到曬穀場上，哇！月光下的少年砲兵團！這樣會把那些死查某囡仔鬼誘惑到全身發抖的啦……」

「那好像是在拜天公。」阿丙說。俊輝仔一聽，隨即拍手叫好：「對！沒錯，就是要像拜天公那麼虔誠。心無二念，眼觀鼻，鼻觀心，嘴巴不停地唸：『查某囡仔』卡緊來。『查某囡仔』卡緊來。她們一二三就會通通跑來了。」

阿丙睜大眼睛看著俊輝仔，同時頻頻點頭表示同意。他待會兒就一一打電話聯絡朋友。要身高一百七十五公分以上，體重六十五公斤以下，有強健的體魄、迷人的笑容，和一顆時時想做愛的心靈……

當晚，在阿丙外婆家附近那座卡拉拉山的半山腰，一對打算要殉情的情侶正在享用吞食農藥前的最後晚餐時，那男人看到遠方一間三合院的廣場似乎有一排銀白色的蠕動物體。看起來有點像裸身的人，但因為時間跟地點的不合常理（在這樣的鄉下，這樣的三更半夜，會有這樣裸體的人嗎？），而使得那位向來對外星人深感興趣的男子，認為自己這下可能成為全世界第一個活捉外星人的英雄。這念頭讓他驟然間非常不想死。於是他匆匆將口中的魯蛋咬碎嚥下，隨後抓著女友的手直奔阿丙他外婆家的三合院。

而在這男子奔跑的同時，阿丙和他的年輕朋友共九人，其實已經焦慮地在這片曬穀場上躺了一個多小時。他們一切都依照俊輝仔的吩咐：脫光，躺下，閉上眼睛，誠心誠意反覆唸著：「查某囡仔卡緊來」。但是一百多分鐘過去了，這方圓五百公尺內，除了外婆在裡頭呼呼大睡之外，可一絲女人的味道都嗅不出來，更別說像俊輝仔所講的：九對九，歡樂久久。「我咧靠腰哩，這俊輝甘會騙人？」當阿丙聽到耳邊開始有人打鼾時，他忍不住懷疑這難道是個惡作劇的騙局？夜已深，他有點睏了。現下他昏昏沉沉的腦裡至少有三百個女人在跳大會舞，俊輝仔也在裡頭，他是總指揮，三百多個女人在他的指揮下，越跳越遠，越跳越遠。

不久後，整個村子都安靜了下來，月光下只聽得到那位殉情男子拉著女友的手，往外婆家的三合院急奔而去的跑步聲……

荳子

認識荳子多久了？三年總有吧。頭一次看見她時，這小胖妞正窩在櫃臺後邊讀法文。我進店她渾然不覺，還噫噫嗚嗚把手裡的文章唸得活像拿破崙在講臺語。一會兒我的影子蓋到她書上，她這才猛抬頭，兩顆眼珠直愣愣看著我，說：「歡迎光臨」。好像認為我是來借廁所的。

稍後她煮了一杯不錯的藍山，端上來時還神秘兮兮地說：「這是我們老闆娘從印尼帶回來的特級藍山。」我說妳們家老闆娘是印尼新娘嗎？要不怎麼那麼辛苦跑到印尼買咖啡豆？其實我們雲林古坑的也不錯呀！到劍湖山，邊坐摩天輪邊喝咖啡，邊給人家賺很多錢，其實挺好的。她慧黠一笑，說：「你講話好好玩喔」，便又回到櫃臺後面去唸法文了。她那店小小的，賣書也賣咖啡，坐在靠窗的位置，看看書，再看看外面過往的行人和腳踏車，會覺得自己在阿姆斯特丹或都柏林，日子過得比天上飄來飄去的雲還悠閒。

之後我常去，一星期少說兩三次。喝咖啡、看書、跟荳子聊天。對我來說，那跟打坐差不多，可以提神醒腦，增進工作效率，效果不輸蠻牛。「你是做什麼的？」荳子跟我熟了後，一次看四下無客人，便問我。「喔，我翻譯書。也做一點美工方面的事。」我相信我在荳子眼裡有點神秘。可不是？三十多歲男人整天像遊民那樣子晃來晃去，要不是中了樂透，就是有不可告人的隱疾。「那你都不必出門上班囉？」「我是穿睡衣上班的男人。」「好好喔。」荳子長長的睫毛上下眨動，一副羨慕得要命的模樣。「沒什麼好的。我這是做苦工，有做才有錢。其實我比較喜歡當脫睡衣上班的男人。」我捉狹地跟她說。「有拜有保庇。」荳子牛頭不對馬嘴地答了一句，好像沒聽懂我的話。

幾個月後我把店裡的每一個角落摸得一清二楚。簡直就像是荳子老闆娘請來的第二個店員。什麼書擺哪，怎樣的咖啡該怎樣泡，我比她還清楚，偶爾荳子忙不過來時，我也幫得上忙。荳子的老闆娘看起來差不多有五十歲，心情好時會聽到她哼陳蘭麗的「葡萄成熟時」，大概是屬於從小看七虎籃球隊長大的那個年代。她常把店交給荳子便跑去跟小男朋友約會。幾年前莉莉跟小鄭的故事給了她很大的鼓舞，櫃臺抽屜裡放了一堆那則新聞的剪報。

日子一天天過去，我漸漸有一種跟荳子處在一個兩人小世界的感覺。那種感覺有點甜又不會太甜，有點自然又不會太自然。荳子畢竟小我一大把年紀，她大學法文系畢業沒多久，學校學的那一口法文還暖呼呼地像剛出爐的奶酥麵包，鬆軟可口，香氣四溢，我是拿它當香頌情歌聽，無所謂聽不聽得懂。貝托路奇不是說「電影是講法文的」嗎？豈止電影？情歌也應該是用法文唱的。愛也應該是用法文做的。革命也應該是用法文搞的。葡萄酒也應該是用法文釀的。多哩。反正他們家法文就是有一種難以言喻的調調。就這樣，日子一久，荳子倒越來越像是我的普羅旺斯小情婦，兩個人的默契越來越好，彼此一個眼神（眼神應該是用法文拋的嗎？）就能瞭解大半意思。哎！我因此而有幸福的感覺嗎？無聊的時候我會這樣問自己。就無聊的時候問問而已，平常倒沒那麼無聊。

說這樣叫做幸福大概太自戀。我們就是彼此熟悉罷了。不過話說回來，這世界上有很多事，不正是只因為熟悉就讓人覺得很幸福嗎？你們家的米格魯多多因為熟悉你們家的一切而覺得幸福。你的前女友露露因為在苗栗吃到一個熟識滋味的粽子，而想到她跟她媽媽的童年，而覺得幸福到不行。或者說，你重回小學母校，發現校門口的老榕樹還在，雖然你已經胖得沒辦法爬上去十公分，卻依舊覺得自己幸福得像隻猴子，面帶微笑地跟那棵樹合照了三十張相片。

所以我跟荳子之間的熟悉可能是有意義的（我發現荳子的老闆娘有意無意地湊合我們。她的小男朋友起碼小她十五歲，她需要一個「年齡不是問題」的論述，以及一堆幸福的實例來幫她壯膽），那可能是我們發展出一段忘年之愛的基礎，只是天曉得那會不會是一段慘絕人寰的悲劇開始。不過還好。都三年了，一切想像中的點點滴滴（我們搭遊輪玩了一趟從土耳其到西班牙南部的地中海之旅、我們每天早上都相偕到美崙市場買菜、我每晚都擁著她胖胖的身子入眠，也因此改善了困擾我多年的打鼾宿疾……）畢竟都沒發生，那些幻想的影像僅在我腦海裡跑了五百圈操場，便累得倒地不起了。近半年來，我每星期一三五下午越來越固定地到荳子的店。喝咖啡、看書、聽荳子唸越來越好聽的法文。有時我會偷偷擔心她唸得太好，因為說不準哪天她就因此棄我而去，跑到法國唸巴爾札克，把我留給她的老闆娘，那我該怎麼辦才好？唉！總之到昨天為止，我甚至以為這輩子或許就要這樣老死在這家熟悉得像自己內褲的咖啡店裡了呢。

可昨天我讓一件事給打敗了。敗得突如其來，敗得灰頭土臉，敗得莫名其妙。就像有人冷不防摑了你兩個耳光，然後隨即就像幽靈般消失，那種感覺是錯愕中有恐懼，恐懼中有錯愕，八字輕一點的搞不好就掛了。

事情在昨天晚上九點鐘發生。

昨晚在江太太牛肉麵店吃過一碗燙舌的牛肉麵之後，葛仔打電話要我去國風國中旁邊一家他朋友新開的啤酒屋喝酒。「你哪來那麼多朋友啊？」「東西南北亂來的。」葛仔說。這倒是真的，葛仔的朋友遍及大江南北，他最近已經在我的勸進下，決定出馬競選他們家那一里的里長，當選機率應該大於安全期期間的避孕率。

一個鐘頭之後，我們已經坐在吧臺前各自喝了兩杯五百CC的生啤酒。葛仔搖頭晃腦的樣子有點像大陸演員葛優。「像個帥點的不行嗎？」他剝了一條魷魚絲吃，眼睛斜著睨我，像是我欠他一億元。「葛小寶？」我說。「行。」他端起桌上厚厚的酒杯，又猛啜了一口。這時一抹影子從前邊掠過，我抬頭看，剛剛幫我們倒酒的女孩從洗手槽往我們左邊一位客人的方向走去。「今大一個人來啊？」她嬌滴滴地問人家，聲音像林志玲，葛仔聽了甚至笑了出來，我相信他不喜歡這種聲音，他喜歡東京銀座媽媽桑那種歷經滄桑的低沉嗓音，挺戀母的。

「行政院長說我們的社會在自殺。」葛仔有點茫了，咿咿唔唔地開始發表反社會言論。他酒量不好，我務必要在他喝醉之前離去，否則他會邀我一邊跳探戈一邊討論高捷弊案。這時突然耳邊有人說話：「社會又不是人，要怎麼自殺？」這話真有道理，誰說的？原來櫃臺後邊的女生掌櫃已站到我跟葛仔眼前，她鼻子距離我鼻子大概只五公分，凹凸有致的上半身正很熱情地傾斜過來說話。我跟她笑笑，然後指著空蕩蕩的酒杯說：「酒逢知己千杯少。」她聽了立刻將我的空杯子拿去灌上一大杯黃澄澄啤酒，然後在櫃臺上遠遠便推了過來，裝滿啤酒的杯子像艘戰艦，轟轟轟衝到我眼前自動停下。嗯。好技術。我跟葛仔都拍拍手。

「很讚。」我的眼神很誠懇地跟她比了一個叫好的大姆指。誰都知道在這種喝酒的地方，聽得到的話全是鬼話，她應該比較喜歡一切盡在不言中的感覺。果然，稍後我們在吧臺的另一個角落聊了起來。

「常出來喝酒？」她的聲音的確會讓人想到林志玲。這有點麻煩，我並不那麼喜歡林志玲，我認為蕭薔比較好，蕭薔比較令人心安。

「還好耶。每當我的靈魂休假時，我的肉體就出來找酒喝。」我在煙霧迷漫中說了一句滿像百貨公司廣告詞的話（某某百貨DM：「靈魂休假日，荷包開啟時——歡迎您永不疲倦的身體蒞臨某某百貨」）。

「你說話真好玩。再一杯？」天啊，她略微揚起的眉毛竟像走私那樣夾帶了一點性感。我快被打敗了嗎？趁她轉身倒酒時，我拿下眼鏡，揉揉眼睛。今晚要喝醉嗎？

酒送到眼前時我說：「你這工作好極了。晚上喝酒，白天睡覺。」她聽了嘴唇立刻翹得比鼻子高，說：「才不是咧。第一，我只賣酒不喝酒。第二，誰白天睡覺？我每天早上還要上另外一個班哪。」

喔？那麼辛苦啊？「妳白天在哪裡上班？」我問。「就縣政府對面那一家『愛琴海』啊。滿有名的，賣書也賣咖啡。我每天七點鐘就去賣早餐。顧店一直要顧到中午才換人。」啤酒屋裡雖然不亮，但我看得見她眼裡綻放著自信的光芒。可我卻聽了一頭霧水，肯定是一臉茫然的神豬樣。縣政府對面的「愛琴海」？賣書也賣咖啡的「愛琴海」？那不就是這幾年來我每周一三五下午必定報到、跟荳子共同擁有的愛的小屋「愛琴海」嗎？

那妳是誰？「愛琴海」什麼時候闖進了這麼一號的外星人？我剛灌下的一大口啤酒這時冒出一股殺氣直衝腦門，我打了一個粗魯的嗝，兩眼像半夜公園裡的醉鬼般瞪著人家，說：「妳白天在『愛琴海』？」她隨即露出像日本AV女優不時會出現的無辜眼神，然後用微嘟的嘴唇問：「大哥，我哪裡錯了？」

沒錯，沒錯，在「愛琴海」賣早餐當然沒錯。需要反省兼收驚的是我。接下來我花了一分鐘時間把這事想通，並且成功地安撫了胸腔底下那顆因為驚訝而嚇得砰砰亂跳的心臟。是的，一分鐘前我跟五百年前的哥倫布一樣發現了一個新世界。哥倫布找到的是他以為是印度的巴哈馬群島，而我找到的是我以為只有我跟荳子，而實際上卻還有一個賣早點女生的「愛琴海」。天哪，老闆娘為什麼從來沒跟我提過這事？荳子為什麼也沒跟我說過？（她知道嗎？喔，親愛的荳子，妳知道嗎？）三年來，我每週一三五下午準時報到，自以為擁有整間的「愛琴海」，誰知樓上（她早上賣早點就好比住在我樓上）還有人！

忽然間我都懂了。從上帝存在、五加七等於十二，到當年心怡為什麼跟臺大造船系那小子跑掉，我都懂了。人說穿了實在卑微得比不過一隻蚯蚓，我們能知道什麼真相呢？看得到手心看不到手背，看得到下午看不到早上，看得到東看不到西，看得到身體看不到靈魂，看得到現在看不到未來……哎呀，別再說下去了，再說下去我會趁著酒醉大哭一場的。

「妳看得到我嗎？」我問這位原來是住我樓上的倒酒女孩，她跟剛剛一樣維持著一頭霧水的表情。「妳看得到我的心裡正在召喚一杯啤酒嗎？」「那當然囉。」她說。一會兒，啤酒就來了。

站著

老胡出門時他家的西施犬多多還在睡覺，十幾歲，太老了，聽到老胡的開門聲時睜眼看了一下，發現還是同一個主人沒變，大概覺得了無新意便又繼續閉眼做夢。老胡隨手抓了一把狗乾糧放到玄關旁的小鐵盆裡，祝牠牙齒永遠堅硬，可以把乾糧嚼得像蒜泥。唉！這狗是真的蠻老了。

上車後，老胡跟這幾天早上上班時一樣，按下齊秦那張臺灣民謠專輯，第九首，望你早歸。音樂在一陣細碎的銅鈸敲擊聲中開始，齊秦用可以斷頸的高音唱，「每日思念你一人……」，小調旋律加齊秦的無辜派音色，小小車箱裡立刻愁雲慘霧罩頂，整個世界都哀傷了起來。老胡腦裡閃過幾個字：太平洋、二次大戰、洋子、軍國主義、村上春樹……。車往前走，窗外風景緩緩後退，還真像某次的什麼什麼感傷告別之旅，跟真的一樣。

怎麼想到村上春樹那裡去的？老胡說不上來。幾天前看村上的「發條鳥年代記」，裡頭一段寫關東軍殺人，殺俘虜營裡的犯人，不用槍也不用刀，用球棒。犯人跪著，那頭顱的位置差不多就在好球帶，奉命執行的年輕日本兵搞不好讀高中時在甲子園打過球，軍官一聲令下，年輕士兵緊握球棒，扭腰，猛力揮出，啪，犯人的頭像西瓜那樣迸裂開，血如泉水般噴出。

很哀傷的暴力哪。日本人到底怎麼回事？要這樣作賤別人跟自己。村上說：「暴力是理解日本的關鍵」。一個血液裡流著暴力基因的反暴力人士村上春樹？老胡那天讀了那段文字之後，日本兵扭腰打擊的模樣像嗡嗡嗡的蚊子般揮之不去。只要一安靜下去，一哀傷下去，譬如說，齊秦這首「望你早歸」的旋律一出來，那位「打擊手」的動作便跟鬼魂一樣在車子裡飄來飄去。不過說來變態，這幾天要是沒在車上把這首歌聽過一遍，竟會覺得有件事不知道擱在哪裡忘了做。怎麼會這樣？老胡自己也奇怪。

稍後第一節下課時，人事室的阿萍滿頭大汗跑到辦公室來，站在門口大聲對裡邊十幾個喝茶聊天的老師說：「各位老師，緊急通知。行政院長十一點鐘左右蒞校參觀，校長請各位老師十點五十分到校門口集合。」桂老師在一旁接著說：「不見不散囉。」「幹嘛了?吃炸藥。」老胡嘴裡還在哼齊秦的「望你早歸」，唱到「阮只好來拜託月娘」時，停下來回應桂老的話。

「行政院長來，關我們屁事?」桂老師不高興地把一疊考卷往桌上丟，「你們知道我的事情多如牛毛嗎?」阿錦老師搭腔：「你的頭髮才多如牛毛。」說的也是，桂老年過半百，一頭烏黑茂密的頭髮每每在理髮時還交代小姐打薄，羨煞學校一幫子未老貌先衰的掉髮族。「去看看院長也不壞。當做是馬英九來好了。」阿錦老師建議。小賴聽了便開口唱「舞女」：「來來來來跳舞，腳步若是震動，不管伊是誰人，甲伊當做瞑夢。」阿錦老師坐到椅子上閉目養神沒理小賴，只嘴巴輕聲罵了一句：「不倫不類。」

老胡笑笑啜口茶，他倒沒像桂老那樣生悶氣。在這島上真要生氣的話，那可氣之事還真是多如牛毛。東西南北隨便打開眼皮都可以看見許多讓你氣呼呼的事，像電視廣告說的：吃這個也癢，吃那個也癢。到處都有氣，到處都會癢。那怎麼辦哩？山不轉路轉，路不轉人轉，這幾年老胡已經把自己轉成一個永遠笑臉迎人的麥當勞叔叔，自己都快認不得自己了。這樣日子好過些，不必整天臉紅脖子粗，一副甲狀腺亢進的模樣。

這時候天空有廣播聲，總機阿香帶了一點阿美族腔的國語像小飛機噴灑農藥般灑下一大片福音：「各位親愛的老師請注意，我們敬愛的行政院長預定今天早上十一點十分到我們學校訪視，這是本校創校以來最令人髮指……」咦？什麼跟什麼？老胡連忙動了動耳朵仔細聆聽（他當預官時，在一次的團康表演中意外發現自己的耳朵會像猴子那樣擺動，當時就以這樣的才藝配合一首鳳飛飛的歌曲，勇奪師部雜技比賽的亞軍），腦子還跑回去追剛剛溜過去的幾個音：「……最令人振奮的好消息。」喔，這樣才對！阿美族的阿香接著唸秘書室給她的稿：「這表示本校近年來的辦學績效受到肯定，已經引起華府的高度重視……」又是什麼跟什麼？老胡擠了擠眼珠子，頭搖一搖讓自己清醒一下再聽，「……備受各界好評……」唉！年紀大了，才第一節下課就想睡覺，是昨晚沒睡好，還是想到要去門口迎接行政院長就想睡覺？怎麼覺得人生那麼乏味，人家講的話，一句都聽不清楚呢？

那首歌又來了。齊秦的「望你早歸」又在腦子裡響起。短調。聽起來悲哀悲哀的。「每日思念……」一聽就想到村上春樹筆下用球棒殺人的關東軍。這中間一定有一種神秘的關聯。老胡看看錶，再一分鐘上課鈴響，鈴一響整個學校就很像監獄，阿香的廣播聲音出現時更像。如果說不像監獄的話，至少像人民公社。那種一早會有廣播叫大家起床的人民公社。五十年代在中國大陸成立了很多的那種人民公社。曾經有公社裡的人結婚，洞房花燭夜被人在床底下裝了一個麥克風，新娘子一晚嗯嗯啊啊的聲音讓全公社的人都聽見了。隔天新娘子知道後羞得自殺，死啦。

那位關東軍士兵在執行誰的意志？老胡拿起課本往教室走，腦裡晃過幾個飄忽的念頭。這裡頭的糾纏說不清楚。唯一可以肯定的是有一個人莫名其妙地慘死在一根亢奮的球棒下，就像那位無辜的新娘子就這樣死了。是誰闖的禍？有誰知道是誰闖的禍嗎？……不久走進教室時，班長喊了一聲宏亮的「起立」，把趴在桌上睡覺的同學全嚇醒。老胡皺了一下眉頭，突如其來覺得有一絲反胃，沒等大家起立站好敬禮，便揮揮手要大夥坐下，當下覺得自己第一次那麼不喜歡老師這個職業。

第三節課老胡往校門口移動，一路上遇見秀琴老師、銘義老師、偉業老師、賴組長、李主任，等等等等，像肉粽那樣一掛。一個個從不同的方向往大門口走，近中午了，陽光越來越耀眼，老胡微瞇起眼睛，恍惚之間似乎看見這幾個人都低著頭，像電影裡的慢動作般移動……很慢的速度，百般不情願的模樣……「最近忙什麼？」李主任粗壯的手臂搭上老胡肩膀，哥兒們的方式跟他問好。喔！沒有什麼慢動作，也沒人低頭走路，反倒老胡要不是李主任跟他搭肩膀說話，再過幾秒鐘恐怕會失神地撞上路邊的椰子樹。大門口就在前邊，老胡抬頭看了李主任一眼，說：「越來越胖，真是受夠了。」然後兩人一路大笑，往門口那片黑壓壓的人群走去。

全校老師都到了。一百多個總有。這幾年招生狀況良好，學校像被妥善照顧的豬那樣自然合理地增胖，一些新進同仁老胡都還不認識。天氣熱，老師們各自找樹蔭躲太陽，三五成群唧唧喳喳講話。這一節全校大停課，學生的喜悅大概跟中了統一發票兩百塊錢差不多。這些大官最好每天輪流來，可以為學生創造出很多趴到桌上補眠的時間。一些坐不住的學生走到教室外邊走廊吹風，三樓欄杆旁就站了一排，學生居高臨下，看一堆老師站仔在大門口準備恭迎行政院長蒞臨。老胡感覺被看得有點不好意思，剛剛班上一個同學問他：「行政院長是哪個高中畢業的？」老胡一眼瞪回去，說：「我哪知道他唸哪個高中！問這幹嘛？」學生很猥瑣地笑說：「我還以為他是本校傑出校友，你們老師才會這樣去迎接。」這話講得有點道理。可不？又不是傑出校友，擺這種陣仗算什麼？

訓導主任李氏要整頓隊伍了。他有一套，老胡在中正體育館看過他讓近千位吵鬧不堪的學生在瞬間安靜下來：他拿起麥克風，用宛如吹催眠的聲音說：「各位同學，把眼睛閉起來……」這招高，高過當年的警備總部。一個人只要眼睛一閉上，大概就不講話了。誰閉著眼睛跟人家講話的？

李氏朗聲說：「各位老師，辛苦辛苦。真是不好意思，那麼熱的天要大家到這裡等院長。真是罪過啊！實在是因為院長難得到我們後山來，而且在校長大力邀請下，居然願意來我們學校看看。」李氏說完覺得「居然」二字不妥，尷尬笑笑，補了一句：「意思就是很難得的啦。跟上回星雲大師來，古巴體育部長來一樣，都是千載難逢的機會。我們當然要好好把握，是不是啊？」把握什麼？把握人生的方向？老胡越聽越想把眼睛閉上，可李氏不給機會，他接著發號施令，像軍訓課那樣操練了起來。

他指名老胡。「來，我們以胡老師為排頭，從這邊下去，沿著椰子樹排成兩排好嗎？」老胡心想為什麼是我？因為我胖？我帥？我溫良恭儉讓？左右看看，原來自己站到校門口那根大柱子旁邊來了。這裡一看就是標兵的位置，也就是說，待會兒行政院長下車往校園走時，第一個遇見的人將會是老胡（院長會伸出跟很多大官都一樣軟綿綿的手掌握他的手，那種握法通常只會讓人握到手指，而完全碰不到掌心）。他如果有陳情案要遞出的話，大概可以有二十秒的時間喊冤。否則院長會以時速約莫十公里的速度往後移動，很快地跟在場每一個該握手的人握手，然後把一堆迷惘留給老胡（我他媽的曬了半天太陽就是要跟你老兄握這麼一個不痛不癢的手？我在這種不仁不義的高中教書，恨只恨自己必須為了五斗米折腰。聽清楚，五斗。就只有五斗。不是五萬斗，更不是五十萬斗。我是誰？我從哪裡來？我要往哪裡去？……）。

隨著時間一分一秒過去，老胡的迷惘變得越來越深。十一點十分過了，院長的座車還不見蹤影。一眨眼時間，十一點十五分也過了，二十分也過了，院長還是不知道在哪裡。從剛剛李氏整好隊後，大夥就像兩排稻草人般原地杵著。陽光像被加了柴火猛煮，溫度似乎越來越高，等一下看誰先倒下，抬走一個少一個。曼麗老師有可能喔，她從國中畢業後就維持四十公斤的體重迄今，身體虛得像張衛生紙。唉！老胡嘆了一聲，法國前年夏天才熱死了數千人，臺灣不要也跟人家湊熱鬧。才這麼想，齊秦那首「望你早歸」幽靈似地又在腦裡冒出來了，「伊要跟我離開那一陣，也是月娘要出來之時……」，臺語歌為什麼動不動就悲成一團？不過，這節骨眼搭這種悲悲的歌還鑾相宜的。老胡鼻頭一酸，突然想大喊一聲：「院長，你在哪裡？……」有迴聲的，會「呢……呢……呢……」那樣飄邊的一種大喊。

當然，想歸想，老胡畢竟沒喊出來，他站在門口的大柱子邊，冷冷地看李氏流著滿頭大汗打手機：「是……是……我們這裡都OK……不急不急，這是我們的榮幸……」

聲音穿過熱空氣傳到老胡跟許多老師的耳朵裡，呼嚕呼嚕竟好像有點燙。什麼話哩？你太監不急，我太上老君急。算一算，從早上六點半在「美而美」吃了一客蛋餅和一杯冰豆漿後，到現在已然五個小時，再不裝點東西進去，待會兒餓到血糖過低是會暈倒的。再說，這樣拖下去，院長也會餓呀。難不成院長早上在「美而美」吃了三份蛋餅？老胡才剛閃過這麼一個無聊至極的念頭（想到院長，想到院長可能吃了三份蛋餅！），剎那間只覺得頭麻腳軟，差點跌了一個踉蹌。他抓了身旁的賴組長一把，穩住即將墜落的身子，而且在賴組長還沒搞清楚怎麼回事之前，裝做若無其事地問：「都已經透中午了，院長還來嗎？」而成功地掩飾了自己已經等到體力不濟的事實。

十一點四十分。院長還是沒來。已經有班級的學生走到校門口等便當店送來的便當。學生看老師，老師看學生。相看兩不厭，惟有阿里山。唉！看得老胡暈頭的頻率越來越高，一種將不久於人世的感覺縈繞在腦中。真是不舒服哪。

李氏沒再講電話。他滿頭大汗望著院長車隊即將出現的方向，癡癡地等待院長隨扈的來電（「李主任，我們親愛的院長現在距離貴校僅剩二十八公里。如果接下來一切順利，也就是一路上車子沒撞到流浪狗，花東縱谷沒有突然刮起龍捲風的話，院長的車隊應該再過十五分鐘就會抵達貴校……」），可他手機卻硬是像個啞巴般悶聲不響。李氏每隔十五秒瞪一次手機，沒辦法，那小王八蛋說不響就不響，跟全天下鬧彆扭的情人的手機一樣，不響就是不響，不通就是不通，唉，真是吃了啞巴藥了。

終於，八個光年之後，手機終於響了。老胡遠遠看見李氏突然像隻兔子那樣躍起，知道來了，院長的電話跟「垃圾不落地」的垃圾車一樣，繞了半天總算來到巷口了。想到一切即將過去，他的午餐就要有著落，老胡不禁緊握雙拳，在心裡告訴自己，待會兒一定要多吃一碗魯肉飯，把降下去的血糖全部搶救回來。

可才過了沒十秒鐘，老胡只見李氏一張像剛被鱷魚咬過的臉出現在隊伍面前，這樣的畫面通常表示，這世界在剎那間有了重大的改變。

「院長不來了。」果然，李氏用一種聽起來有點猥瑣但還算清楚的聲音宣佈了一個惡耗。那副沮喪的調調讓老胡想到中美斷交時臺視新聞的主播顧安生。（顧安生強忍淚水說：「美國不要我們了……」，李氏猛擦汗水說：「院長不要我們了……」）這突如其來的消息立刻引起在場百來位老師的騷動，有人打噴嚏，有人打哈欠，有人想打人。一片嗡嗡聲在空氣中懸浮，那裡頭有怨嘆（「唉！我們為什麼要像隻小哈巴狗給叫來叫去呢？」）、有解放（「我老胡終於可以去吃魯肉飯囉！」）、有憤怒（「行政院長？行政院長是什麼玩意兒？」），該有的統統有。

李氏繼續解釋：「各位老師，真對不起，讓你們在這裡久等，院長因為臨時另有要公，今天實在是抽不出時間到我們學校……」

他說什麼其實一點都不重要，老師們的隊伍已經解散，該回辦公室的回辦公室，該吃飯的去吃飯。不會有人想知道院長為什麼不來。老胡決定到學校對面的自助餐店好好犒賞自己一頓。當他往前走幾步，從看起來垂頭喪氣的李氏身邊走過時，腦裡忽然闖進那個關東軍持棒殺人的模樣，齊秦唱的「望你早歸」也同時響起，於是一切霎時又變得緩慢而哀傷，他拍拍李氏肩膀：「吃飯囉。」隨後便像什麼都沒發生那樣，逕往外面走去了。

望春風

王小鳳猛往阿秀家跑時，右腳踝不小心拽了一下，剎那間她整個人像被某個色鬼抓住下盤全力猛幹的充氣娃娃般，當街就在馬路邊瘺了腰地挫蹲下來。王小鳳痛得叫關公，兩顆花生米大的眼淚旋即撲漱撲漱地往下掉到腳邊的水溝裡。哎喲，跑那麼快要死啦。三十年前跟那已作古多年的老公阿義談戀愛，在東淨寺後面的小樹林玩親親，給不知哪個和尚或尼姑怒喝一聲時，也沒跑那麼快呀。那時候是心虛，現在是心急，到底上星期五老師有沒有說，今天晚上要考第六課的單字呢？如果有的話就完蛋了。那一課算算有十三個新字，她一個也沒記，要真考起試來，她肯定阿彌陀佛只考零點零五分。這，這豈不，強烈，強烈地，影響老師對她的觀感嗎？就這麼一想，王小鳳害羞得從心肝紅到臉蛋，再從臉蛋紅回心肝。蹲在路邊，一時間真是不知道該怎麼辦才好。

到了阿秀家，還沒進門，王小鳳便扯開嗓子喊：「秀啊……，李老師有沒有說今天要考英文單字呢？」阿秀正在洗衣間晾衣服，遠遠看去，兩片嘴唇像裝了馬達，劈哩啪啦動個不停，彷彿跟鬼在說話。走近才知道原來正在背單字，英文課本擺在洗衣機上，晾一件便回過頭看一眼，嘴巴隨之振振有辭，看樣子是要考。

答案是不考。

「妳上課那麼認真，老師都要被妳拆吃落腹了，怎麼會不知道要不要考！」阿秀端出十二萬分不以為然的表情，嘴角上翹，眼睛定定看著王小鳳，似笑非笑，狀甚陰險。可不是呀？自從南門村有一群婦女同胞，本學期集體心血來潮跑到鎮上的國中補校註冊入學之後，大家都知道村裡從此有個崇洋不媚外的王小鳳，因為熱愛教英文的李老師，而熾烈地愛上英文。每天清晨五點半不到，天色還暗得像隻黑狗時，土地公廟後邊的堤防上便會傳來清脆的英語讀書聲。好土又土古摸您，桑丘維力麻吉。有聲有影，活像美國版的倩女幽魂。

「唉！」王小鳳嘆口氣，這說來來話長，我倩女阿鳳怎麼會不知道李老師考不考英文呢？「啊就昨晚暝夢，夢見李老師說今天要考單字，考不及格還要打屁股……真是給他夢到墨西哥去了。今天早上醒來，頭昏昏腦鈍鈍，分不清哪個真哪個假，想想還是過來問妳一下好了。」

阿秀聞言哈哈大笑，笑聲直達九霄雲外，哈哈哈哈，哈哈哈……

「鳳啊，妳的屁股甘願乎伊打喔？趕緊，趕緊去考不及格，李老師可以幫妳脫褲子打屁股喔！」

「講那什麼肖話！不考就好，打什麼屁股！」王小鳳順手把旁邊的木頭椅子拉過來坐，坐下後將腳往上搬，隨後手掌按住腳踝，搓啊搓地，不勝疼惜之狀。邊搓邊碎碎唸：「夭壽子，剛剛跑太猛，這裡拽了一大下，你祖嬤險些拆成兩半，這裡甘有撒隆帕斯？」

王小鳳捲起褲管出示傷處，一截白嫩小腿有如上等竹筍般擺在阿秀眼下。哎，這款細皮嫩肉的四十歲女人，對五十出頭的李老師而言，應該算得上是宇宙無敵超級魅力大放送的高檔熟女吧。可惜李老師就是太老實，太論語，太四維八德，太非禮勿視啦。可憐王小鳳就算在他前面把褲管撕裂到柳腰，竹筍升級到火腿，民國七十六年師鐸獎得主的李進展老師肯定也不會多看她一眼的。李老師甚至會因為要刻意避開已經被他看進視網膜的王小鳳的大腿跟小腿，而在快速扭動頭殼的過程中拽到了脖子……

阿秀晾好衣服後，進房間裡拿出一片撒隆帕斯遞給王小鳳，「貼牢一點，真是為情傷風，為愛感冒啊。」說完又看了洗衣機上的英文課本一眼，得意地說：「感冒叫做catch a cold，鳳啊，我看妳是catch a cold了。」

王小鳳沒吭聲，就顧著拿撒隆帕斯貼腳踝，一股辛辣清涼的氣味竄鼻而上，好像可以順勢掉幾滴眼淚的樣子。一會兒看貼牢了，抬起頭，話鋒一轉，她問阿秀：「阿菊這個人如何？」口氣冷颼颼，卻又莫名其妙夾雜了一絲絲的威嚴，奇哩，像法官問案似的。阿菊，阿菊怎麼啦？

「阿菊怎麼啦？」阿秀一下子沒聽懂王小鳳在問什麼，便問了回去。賣水果的阿菊每天晚上總會慢個十來分鐘進教室，她的水果攤生意不錯，多少跟她長相有關。她臉甜，精神活潑，在路邊叫賣效果宏大。在班上年紀算小，人緣不錯，大家當做自己妹妹看，她不時拿些芭樂柳丁到學校給大家吃。阿菊很不錯的啦。

王小鳳冷笑一聲，一股幽幽的氣自鼻孔逸出。阿菊不錯還是錯，她沒空想。她只知道，阿菊上星期五下課之後沒立刻走人，留在教室東摸摸西摸摸，晃了半天才往校門口走，後來給她發現，這阿菊竟然是坐李老師的摩托車回家。喔，天哪！這意思是說，阿菊那天晚上就那樣坐在李老師後面，緊緊把她的奶子貼在李老師背部，一路搖搖晃晃，從學校直晃到她溪埔仔那邊的家囉？

斯可忍，孰不可忍？

這樣的事情若是不把它大肆宣揚得讓眾人都知道的話（像二十幾年前有一首反共歌曲叫做「讓他們都知道」，讓大家都知道共產黨的暴行！），那麼班上這些同學會以為她不過就是一個可愛無害的水果妹。錯錯錯！知人知面不知心，她這個魔鬼水果妹會把李老師拖下十八層地獄的。李老師的老婆不是還健康得像隻獼猴，天天晚上到活動中心跳元極舞嗎？又沒離婚，又沒死某，她阿菊憑什麼這樣貼著老師的背，讓老師給載回家呢？這不是勾引，難道是勾踐復國嗎？

王小鳳就這樣默不作聲地把「老師載阿菊回家」事件，前後給想了一遍。阿秀在旁邊一頭霧水，只見王小鳳一會兒鼻孔微微出聲，面露不屑神情，一會兒嘴唇緊抿，憤怒的情緒像颱風做大水那樣，把整張臉都淹過去了。半晌，才聽到她嘴裡迸了一句「賤！」。

「一賤天下無難事。」隨後王小鳳咬牙切齒地說出「賤」這個字在現實中的功能。接下來她在阿秀前面把阿菊說得比霉菌還不如。這是一次讓阿秀打了八次哈欠的冗長敍述，違反了她一早來阿秀家的初衷。她原本只想以問要不要考試為藉口，來小小地控訴阿菊一下。沒想話匣子一開，她卻申論得比國務機要費的起訴書還仔細。不過，說來說去，那道理終歸就是：紅顏禍水，禍水紅顏，國之將亡，必有紅顏妖孽。她阿菊就算稱不上紅顏，好歹是個小妖孽……等等。

等道理都講完，臨走時，她滿臉誠懇地跟阿秀說：「秀啊，今天因為我們兩個是最好的朋友，所以我把這些都告訴妳，妳聽了就好，這裡聽這裡結束，不要過耳，否則對李老師不好。他是個好人啦，我不希望他因為這件事感到困擾。」王小鳳表情嚴肅得有如劉備白帝城託孤，拜託，拜託，千萬別說出去。阿秀嘴裡連連說好，心裡頭卻晃過來晃過去的，自己都不知道待會兒要先跟誰講才好。

＊＊＊

王小鳳的策略（一個完美的誘惑型句子：「我跟妳講，妳可千萬不要跟別人講喔！」）果然迅速發揮功效。晚上第一堂英文課上課前，全班二十八個同學都用興奮的眼光盯著阿菊看，彷彿她襯衫掉了三顆鈕扣，露出32D的東海岸世紀豪乳似的。阿菊在兩分鐘之後感覺不對，身體往後仰了一點角度，看著全班大聲說：「妳們這些歐巴桑是怎樣？……我哪裡不對嗎？……」她這時像入了獅群的猴子，雖力圖鎮定，卻再怎樣也難掩渾身的不自在，不自在到屁股都紅啦。

金枝先開口：「菊妹妹，晚上下課要回到溪埔仔，很遠喲？」阿菊沒聽出蹊蹺，傻傻應道：「還好啦，摩托車二十分鐘便到。」兩人的對話一搭上，宛如引蛇出洞，後邊一堆龜殼花、百步蛇、眼鏡蛇、雨傘節、錦蛇、蟒蛇……全出來了，眾歐巴桑一人數句，一間教室立刻變成中元節前夕的綜合市場。

「要那麼久喔？」

「那麼晚回家，安不安全啊？」

「不會啦。有人載怎麼會不安全？」

「喂，菊啊，老師有沒有老實？」

「老師到底幾歲？有沒有五十？他年輕的時候大概很像劉德華。」

「不要亂講，他比劉德華有氣質多了。」

「就是太害羞了。」

「沒錯，我看他比雄貓還害羞。」

「雄貓害羞嗎？雄貓是笨，不是害羞。」

「菊啊，妳不怕她老婆嗎？聽說他老婆恰北北。」

「誰怕誰？我們家阿菊也很恰啊。誰怕誰？」

「不要害老師啦。聽說他也是PTT的常務董事，沒幾條命可以活的。妳們這些不懂事的，不要害人家當董事的，可以嗎？」

「#%&*※&%#*……」

數十隻蚊子的聲音終於匯聚成F-16的音爆，在這寂靜的夜晚，轟隆隆地炸碎阿菊的耳膜。水果妹阿菊忍無可忍，霍一聲旱地拔蔥般地站了起來，聲音從大喊晉升到怒吼，她用帶著顫抖尾音的巨大聲響狂吼：「妳們到底在說什麼啦！變態……」，末了那個「態」字還因為拉得過長而自動從第四聲轉成了第一聲。

隨後阿菊大力推開桌椅，書包一抓，老娘不上課啦，接著轉身，頭低著便往教室門口衝。沒想眼前忽然一片漆黑，哇咧！王寶釧碰上薛仁貴，祝英臺撞倒馬文才，阿菊妹妹這下撞個滿懷的，不正是人稱東海岸首席熟男的李老師嗎？這突如其來的相撞事件，讓遠遠坐在最後一排的王小鳳忍不住也跟大家一樣爆笑開來。今晚她應該是笑不出來的，她應該像個隱形幽靈，冷冷坐在角落，看阿菊，糗，到爆。

李老師杵在眾歐巴桑的嘉年華笑聲中一臉尷尬，他看著手抓書包蹲在地上的阿菊說：「美菊，妳要回家啊？」，這「美菊」一叫，一失足成千古恨，眾歐巴桑立刻又七嘴八舌像參加2100全民開講那樣講不停。

「哎喲，老師，不要叫「美菊」啦。人家「美菊」是要留給老公叫的哪！」

「老師，誰叫你上課那麼久才來。人家要回去賣水果啦。」

「老師好關心她喔。」

「不要亂講話，人家老師每一個人都嘛很關心。」

「老師，叫她們全部去後面罰站啦。都亂講話。」

「老師，你下課都載人家回去ㄏㄡ？」

最後這一句像午後雷陣雨，轟隆一聲大家聽得特別清楚，教室裡的其他聲音頓時像小喇叭裝了弱音器那樣，都萎縮了下去。

「老師，你下課都有載阿菊回去ㄏㄡ？」原來是阿珠的大哉問。她意猶未盡再問一次。

老師臉色慘白，額頭三條線，坐前排的同學可以感覺到老師渾身散發出來的四十度C高燒。他力圖鎮定，但實在是心中有鬼，以致於講起話來顛三倒四，讓大家聽得好辛苦。

「是車子壞掉啦……美菊…美菊剛好碰到我……美菊的車子壞掉啦…那麼晚了，我想，那麼晚了……我回到家也不會太晚…我意思是說……我載她回溪埔仔家裡，再回我家也不會太晚……我有跟我太太講，我太太說晚點回來沒關係呀。」

老師說到這裡，停下來喘了一口氣，習慣性地用指尖推了一下眼鏡，一大口深呼吸之後，情緒漸穩，畢竟是有數十年教學經驗的老師，此時他決定來個絕地大反攻，隨後他扯開喉嚨，一張臉脹得比豬肝還紅，毫不畏縮地朝眼前一群婆婆媽媽高喊：「我這樣做錯了嗎？」

這擲地有聲、曾被中華民國總統引用過的句型，立刻在教室的天空引爆璀璨煙火，照亮了一屋子的黑暗，李進展老師剎那間好像又變得正義凜然了起來。他打鐵趁熱，很快地用一次比一次高亢的聲調再連問大家三次：「我這樣做錯了嗎？我這樣做錯了嗎？我這樣做錯了嗎？」

一屋子的歐巴桑給老師這突如其來的聲勢給震住，全場幾乎鴉雀無聲，阿菊這才站起來，嬌滴滴抱怨道：「就是說嘛。人家車子壞掉回不去，給妳們講成這樣，真是沒有同學愛哪！」一瞬間敗部復活，阿菊很快又抬頭挺胸起來，變成一個堂堂正正的水果妹了。

李老師隨後走上講臺，清了清喉嚨，他決定先講個十分鐘的英語，挫挫大家的銳氣，免得這些歐巴桑繼續國臺語交雜鬧不停。嗯！這想法有創意。他突然有點得意，於是，一連串連珠砲般的阿凸仔英語便從李老師的口中傾巢而出，果然，很快大家便都低下頭認真地看課本，再也沒有人提李老師送阿菊回家的事了。

＊＊＊

王小鳳除了在阿菊跟李老師撞個滿懷時爆笑一聲外，她從頭到尾坐在教室裡頭沒吭聲。活像一隻滿肚子壞主意的黑貓那樣，動也不動地蹲在邊邊等機會，看怎樣才能抓住那隻最笨的大老鼠。可不是嗎？像阿菊這種無辜型的女人最應該得到適當的教訓。什麼叫做無辜型的女人？像阿菊這種一臉清純貌似無辜，殺人不見血，讓人家怎麼死都不知道的女人就是無辜型的女人。李老師這種後中年期男子最無法分辨的就是這種裹著一層天使膠膜的魔鬼。不把那層膠膜撕掉，眾人無法看清魔鬼五官。王小鳳替天行道，以天下興亡為己任，我不入地獄，誰上天堂？她看阿菊並未在昨晚的英語課中得到應有的羞辱，決定今天替大家再接再勵，到阿菊的水果攤玩點好玩的。務必讓這女人打從胃部開始，一股羞愧之氣行遍全身，讓她半夜睡夢中都覺得對不起列祖列宗，對不起國父蔣公。

早上十點多快十一點，王小鳳出現在距離阿菊的水果攤十來公尺的一個豬肉攤旁，豬肉攤老闆李仔跟他老婆笑盈盈地邊切豬肉邊跟客人聊天，在昏黃燈光照射下，三十幾歲老闆娘的皮膚看起來簡直可以比美最近來本市訪問的哥斯達黎加小姐。老闆娘問王小鳳：「怎麼那麼久沒看到人？我還以為妳嫁到美國了哩。今天要點什麼？」王小鳳皮笑肉不笑，說：「絞肉一百塊，肥一點。」老闆娘聽了，把肉丟進絞肉機後，便又多切了兩小片肥滋滋的肉進去，「肥一點比較不澀。吃蒸肉嗎？放點鹹菜也不錯。」一會兒，王小鳳接過手後沒多說話，拎著袋子便往阿菊那邊走去。那邊靠馬路，今天陽光大，馬路上車聲隆隆，大小車子一輛接一輛，橫衝直撞看起來很恐怖。王小鳳走著走，驟然間竟有一種荊軻刺秦王的感覺。風蕭蕭兮易水寒，壯士一去兮……，我咧！我這是怎麼啦？王小鳳還沒想好，腳下卻已經走到阿菊的攤子前面，阿菊一張漾滿笑意的臉龐就在眼前搖晃……

「小鳳姐！今天買水果嗎？」阿菊的眼睛被陽光照得瞇成一條線，渾然不知意志堅決的荊軻已經欺到身旁。阿菊看她瞇眼笑起來居然有點像當年唱紅「葡萄成熟時」的陳蘭麗，差點悲從中來，不知如何是好（她，為什麼那麼漂亮呢？她，為什麼那麼瞇瞇眼呢？她，為什麼那麼讓男人想載她回家呢？）。可她阿菊現在是荊軻，就算是秦始皇的祖嬤也要殺。才想著，她手上已悄悄解開絞肉塑膠袋的尼龍繩，一切按計劃進行，所有的相關位置都已看妥，整個過程在她腦裡已演練過數回，精準度可以比擬美國阿凸仔攻打伊拉克的「沙漠風暴」計劃。

是的，她將會站到水果攤靠馬路的那一邊，那裡車水馬龍，平均兩分鐘就會有輛大卡車叫春似地按著大喇叭呼嘯而過。有次一輛卡車的後座還飛出瓦斯筒，把附近一個打瞌睡的阿公嚇到中風。她將準確利用某一次這種喇叭聲大作的時機，做出一個偽裝的誇張動作，也就是把一個因為驚嚇而彈跳起來的身體，往阿菊身上壓下。這事看起來當然是一個意外。看起來，她王小鳳先是因為被一輛起乩的卡車的喇叭聲嚇到，接著剛好踩到阿菊水果攤旁邊一塊翹起來的木板，所以才整個人重心不穩，就這麼泰山壓頂地壓上阿菊的身子。不僅如此，在兩人撞擊的剎那，王小鳳手上剛買的一包絞肉恰好被扯破塑膠袋，於是那一團像泥巴的五花肉，就這樣不偏不倚地往阿菊美麗的臉蛋蓋下，五花肉迅速把阿菊弄成一張五花臉。而且，就在五花肉罩下的瞬間，王小鳳借力使力，硬是在阿菊跟一旁的人都搞不清楚的狀況下，狠狠賞了阿菊一個大巴掌。這些動作一氣呵成，誰都不知道到底發生了什麼事……

王小鳳繼續往前走，阿菊越來越近，已依稀嗅得到她的體香，淡淡的、年輕的，難怪李老師喜歡。沒關係，只要再半公尺！再往前半公尺，這一切就會被摧毀，世界很快會恢復應有的秩序。腦裡這麼一想，王小鳳忍不住也對著阿菊笑了起來……

有一天的新聞

王子老闆的眼睛盯著眼前的腳踏車已經有一個鐘頭那麼久了。可他還沒想好怎麼處置它。所謂處置，就是修理。也就是把它從扭曲變形的模樣，恢復到可以載個女生騎到鯉魚潭郊遊的良好狀態。這車歸里長那位讀小學五年級的孫子所有。兩天前，一部冒失的休旅車高速經過里長家門前的大轉彎時，把這腳踏車狠狠地撞去擁抱電線桿。老里長聽到聲音走出來一看，急忙唸了十幾次的「阿彌陀佛」，阿彌陀佛還好他的金孫沒在腳踏車上，否則他肯定是不想活了。

今天看起來不是一個修車的好日子。王子老闆抬頭瞥了陰暗的天空一眼。那麼沒太陽，難怪一點靈感也沒。這很多人不知道，修車跟算命一樣，往往是需要靈感的。尤其像王子老闆這樣的迷你個頭（他到美香自助餐吃飯時，圓滾的下巴恰好高過擺了一道道食物的點餐檯，那表示他至少有一百四十五公分的身高），靈感有助於他整體判斷的壯大。修車跟算命、看診一樣需要大量的判斷（嗯！這車照這樣看起來，應該是什麼什麼狀況……）。也因為這門技藝是如此困難複雜，所以王子老闆修車的成功率長年不到五成。這樣的績效是好是壞他自己也不知道，不過反正這附近幾個里裡頭，除了王子老闆之外，再也沒有人開腳踏車店了。所以大家如果有車子壞了，還是往這裡送。至於要等待多久、修不修得好，那可就不像「有拜有保庇」那樣子可以預期的了。

王子老闆繼續貌似深情款款地望著里長金孫的腳踏車。他腦裡其實一片混亂，從昨天吃過中飯開始，不知怎麼搞的，就是覺得好像被一片不安的氣流籠罩著，渾身上下從陰囊到鼻頭都不對勁，有種四肢都使不上力的心慌感。這世界改變了什麼嗎？沒有呀！一切都沒變啊！今天一早起來，王子老闆還是跟每天一樣，先到先總統蔣公的牌位前上香拜拜。三柱香，三鞠躬，再悄悄許了幾個願（但願多賺錢。但願多做愛。但願多子多孫多福氣），才去洗臉、刷牙、燒開水做些其他的事。這是從他十年前跟著人家到慈湖謁靈，回來中了三萬元的六合彩，因此改信蔣公之後，便十年如一日地沒改變過的習慣。一切都好好的呀。為什麼會這樣連陰囊都覺得不安呢？

他稍後把那樣的感覺告訴老婆，老婆安慰他：「這很奇怪嗎？人家說眼皮亂跳要倒霉，可是我上次跳到好像眼睛底下裝了一個馬達，不是還連續抽中三次『再來一罐』的雀巢檸檬茶嗎？」「是菲力牌的可可粉。」「喔？是嗎？反正這種事情不要胡思亂想，胡思亂想才真的會倒霉。」老婆比他高十公分，看事情的視野半徑好像就硬是比他多了好幾公尺。「你去美崙山走走好了。我到市場買菜，中午吃曼波魚湯。」說完屁股一扭一扭地離開。王子老闆看著她性感玲瓏的背影，忽然意會到他這渾身不舒服的感覺其實是從昨天晚上就開始的。昨晚他跟每個星期的二、五一樣，上床關了燈之後就要脫老婆的衣服，卻莫名其妙地有股淡淡的哀愁從胃壁冒出，居然有點想哭的感覺，一陣心慌意亂之後，也就啥都沒做地睡了。今天一早的不安顯然是昨晚的延續。生命是一條歪七扭八的長河，好的壞的都會被挾帶著從上游往下衝。每個人一輩子庸庸碌碌的生活都有一個神秘的源頭，就像黃河必須發源於巴顏喀拉山，我們的每一刻都被神秘的上一刻綁架。那麼，昨晚我家到底發生什麼事了呢？王子老闆不禁嘀咕著。

他家其實一年三百六十五天都不會發生什麼事的。每天修腳踏車會有什麼事？又不是開銀行，三不五時有人登門搶劫。昨晚王子老闆跟老婆和平常一樣，吃過晚飯便坐在沙發上看電視。七點鐘，一堆胡扯鬼扯的新聞報導登場。全國有上百萬的被虐待狂跟他一樣，在那時段坐在電視機前接受媒體人的虐待。昨晚有哪些新聞？吵成一團的ETC案交通部傾向上訴。爭議不停的臺東縣長補選今天登記。美國在臺協會由薄瑞光出任理事主席。孟加拉五層建築崩塌，活埋上百人。布希總統推銷新能源。二二八事件報告出爐，直指蔣介石是元凶。周華健代言關懷保育行動。張惠妹新專輯簽唱會……

跟每天的新聞一樣，永遠都是那麼熱鬧哄哄。新聞不死，而且永不凋謝。那麼多的新聞讓人覺得臺灣的人真是關心別人遠甚於關心自己。不過王子老闆並沒有仔細聽這些東西，他更多的時間是在打瞌睡。他只在恍惚中讓這些主播們的聲音縈繞在他碩大的頭殼四周，夢境和現實兩位一體，分不出孰真孰假，還真是美好的時刻哪。

七點半左右他被一串鞭炮聲驚醒，「誰家娶媳婦？」王子老闆睜開雙眼，努力地要把斜躺在老婆肩膀上的身子弄直。老婆拉高調門說話：「誰娶媳婦？你家的老鼠娶媳婦啦……很討厭哩，你幹嘛把我睡到領子都濕了呢？……白天又沒做什麼事，這麼沒擋頭！」咦……這話是在罵人喔。說我不行了嗎？王子老闆沒再追問，要起身之際，眼睛一瞥好像瞥到電視上迎神賽會的畫面，原來鞭炮聲是從電視裡頭冒出來的。唉，這些新聞實在沒什麼看頭。不是娶媳婦，就是請媽祖。倒是現在想回想起來，是不是昨晚被老婆這麼一譴責，便開始了連續至少二十四小時的鬱卒期。茶不思，飯不想，愛不做，車不修，變成現在這樣一副失魂落魄的模樣？有些譴責軟弱無力（例如：『中華民國政府對於中共這種蠻橫的行為，表示嚴厲譴責。』），但有的（像他老婆的）譴責卻法力無邊，真可說是不怒而威。王子老闆終於有點瞭解，為什麼一早起來會這樣什麼事都不對盤，連個腳踏車都不會修了。

光陰似箭，歲月如梭，一下子又到了吃中飯的時間。老婆果真煮了一鍋曼波魚湯。大塊大塊的魚肉介於好吃跟不好吃之間。「為什麼要改名叫『曼波魚』？原本叫『翻車魚』不是也好好的？」王子老闆邊舀湯邊碎碎唸。他認為這樣吃東西會覺得比較有質感，比較豐富。「叫『翻車魚』不吉利啦。」老婆搭著他的話說，說完扒了一口飯吃。她算是一個善良的女人，雖然有時候會罵王子老闆，但基本上都還會跟他說話，兩人之間保持一種恆溫的狀態。「討海人怕『翻船』，不是『翻車』。」「都差不多啦。叫『曼波』不好嗎？」「跳曼波是會扭到筋的。」王子老闆做了一個悲觀的小結論。他不喜歡「曼波」這稱呼，總覺得沒有魚的質感，而比較像隻西施犬或吉娃娃的名字。

一頓中飯很快就要在在小倆口了無意義的對話，和一旁電視午間新聞了無意義的聲音中結束。王子老闆從牙籤筒裡抖出一支牙籤，老婆站起來準備收拾碗筷。就這時候王子老闆突然覺得胸口一陣劇痛（啊！是誰在傷害我的心？），他放下牙籤，兩手扶住桌沿，深深地將一口氣從尾椎提到腦門。心想：「從昨天開始累積的壞東西終於爆發了……」。老婆沒發現有什麼不對，端起剩餘的魚湯就往冰箱走，王子老闆想叫她卻叫不出口（這可是遭逢很大的撞擊才會有的現象哪），時間靜止下來，四周寂靜，什麼聲音都沒，就只電視機裡傳過來的午間新聞。

「昨天發表的『二二八事件政治責任歸屬研究報告』，今天引發一些後續的討論。這份報告直指蔣介石是二二八事件的元凶，必須為該事件負起最大的責任。據負責『南京決策階層』部份的中研院近史所副研究員陳儀深表示，『大溪檔案』可以證明蔣介石不但派兵，事後還包庇陳儀、彭孟緝、柯遠芬等人……」

電視機裡傳出來的每個字都像嗡嗡嗡的蒼蠅般，直搗王子老闆瀕臨崩潰的耳膜。昨天沒仔細聽，這下他終於真正發現這兩天心情鬱悶的元凶了。啊！有人在攻擊他的神哩，難怪他的心會揪成一團。這世界怎麼啦？蔣介石？蔣介石怎麼會從「元首」一變成「元凶」呢？王子老闆一下不知道該怎麼想這件事，他虛弱地坐下來，一會兒，看到老婆拿了兩顆他最喜歡的椪柑走來，心頭一鬆，整個人才覺得好了過來。老婆什麼都不知，拿橘子給他時順便瞥了一眼電視，說：「咦？在說你的蔣公耶。他怎樣？……二二八元凶？……那是怎樣？……」王子老闆輕嘆一口氣，啥都沒再說，就自顧自地吃起橘子來了。

悄悄告訴她

你張開雙手雙腳，大字形癱在客廳那張肥厚的沙發裡，所有的燈都被你關了，只剩下西邊窗戶的窗簾露了一點縫，透了一些傍晚的光線進來。整個屋子暗得像座地底古墓，你躺在那裡就像一具已沉睡千年的木乃伊，動也不動地準備要嚇死每一個突如其來的闖入者。你喜歡這樣的氛圍，有點頹廢，有點神秘，只有自己知道自己在做什麼。

晚上八點，張經理會帶一位胖胖的太太來見你。這女人最近陷入一連串的困境當中。她老公像隻永不滿足的貓，在外頭偷吃了好多好多的魚還不願意回家。兒子最近無照駕駛撞傷一個老太太，對方獅子張大口要了一個天文數字，案子現在還在調解委員會那裡喬。女兒交了一個看起來就是永遠不會有出息的男友，卻沒幾天就來個外宿不歸，她若開口過問女兒必定立刻暴跳如雷讓她不知如何是好。而娘家那頭就只因為爸爸過世後留下幾間房子，幾個兄弟姐妹便吵得跟立法院一樣，不時演出暴力邊緣的戲碼。總之她全身上下給籠罩在一團濃得化不開的霧裡，霧中能見度半公尺僅止於自己的腳趾頭。胖太太需要有人指點迷津，告訴她哪裡有水哪裡有糧，哪裡有出路，否則她會在一片混亂中發狂至死，而使得她經年累月偷偷藏下的龐大金錢就此斷絕了繼承之路。

你對這樣的客戶特別胸有成竹，來算命的人有一半像溺水者，即便只是一根稻草都會死命抓緊。而你給他們的當然不是稻草，你那些充滿智慧的金玉良言對一個個溺水的求救者而言，簡直就是美國進口的特級救生艇。這艘救生艇會跟大乘佛教一樣把眾生通通從此岸送到彼岸，讓大家都過著自欺欺人的幸福生活。就像你一回以驚訝無比的語氣告訴一個痛不欲生的媽媽，她那才剛從大學銀行系畢業，正要開始賺錢回饋家裡，卻在某個深夜無端跳樓輕生的女兒，竟是天上仙女投胎轉世，跳樓只是因為她在凡間時辰已至必須重返天庭，只好用這方式了斷人間壽命，痛不欲生的媽媽一聽之下豁然開朗，包了一個大紅包之後安靜離去。像這種因為吹牛膨風而造就的功德特別會讓你感到驕傲高興，人因為說謊而偉大，因為被唬弄而幸福，因為自我欺騙而不朽，誰想否認這點嗎？

你從胖太太走進門的姿態中讀到了某些訊息。她自視甚高，可她近十幾年來在身上所累積的贅肉幾乎毀滅性地摧毀了她原有的自信，這肯定是她生命中一個難堪的不可說的卻又那麼關鍵性的秘密。同樣死胖，在乎自己胖跟不在乎自己胖的人走起路來是兩個樣子。她一坐下來你立刻就明心見性直搗問題核心：「我這樓高，爬起來很累齁？」意思說大姐妳若能去掉二十公斤脂肪，許多問題譬如妳老公的外遇啦妳的憂鬱症啦恐怕不待我開口便已解決大半。胖是一種罪惡，知否？知否？

你的房間持續保持著昏暗的調子，讓各種可能的話題在這曖昧的空氣中飄浮。要問什麼？問愛情？問事業？問財富？問子女？問生老病死？每一個焦慮的溺水者一走進你這間月租一萬五千元的電梯大廈華宅，都會眼冒金星般地有一堆問號在眼前跳躍，一時之間還真不知道要先問哪個。胖太太在桌前坐下後，你安靜地看著她好幾秒，隨後用低沉的聲音說：「想要問什麼？」這句話說得溫暖有力，言下之意是我什麼都知道，妳要問什麼都可以。胖太太聽了心頭一震，眼淚差點就這樣掉下來，她低下頭遲疑一會兒後，說：「婚姻」。你隨後問了她一家四口的生辰八字，然後快速潦草地寫在一張白紙上。這動作像畫符，所以很自然地散發出一種難以描述的神秘感。胖太太從你對面的方向看你接著又在紙上畫了許多延伸的線條跟符號，她反正怎麼看也看不懂便聽候差遣任憑宰割地坐著靜候你開啟金口。過了約莫一兩分鐘你說話了，聲音還是一樣低沉到好像要盪到桌子底下，你幽幽地說：「一切都是因果。」這句話其實說了等於沒說，不就是因為這世間有個萬事萬物的基本法則叫做因果，才有你們算命這一行的嗎？沒因果命要怎麼算呢？你講這話只是原地踏步暖個身，跟放屁一樣沒有積極的意思。

可是這句話對胖太太管用，你一句定江山，她一聽似乎就有八成認了命，兩眼巴眨巴眨望著你，像死者家屬一副想從檢察官口中聽到更多真相的模樣。你決定拉大格局為她做個讓她豁然開朗的說明。你說：「因果就像撞球，撞球知道嗎？」號球撞二號球，二號球撞三號球，三號球撞四號球，所以四號球是哪顆球撞的？一號撞的。但妳可能只看得到三號跟二號，卻看不到那顆躲得遠遠的一號，這就是因果……」你略為沉吟了一下，「因果……我們都看不到真正的因果……」，你想舉幾個例子告訴這位焦慮的胖太太，像這種一號撞二號所以二號撞三號，然後就把我們撞得頭昏腦脹知其然而不知其所以然的事情，是多麼稀鬆平常地每一秒鐘都在我們的身邊發生。

你說：「一隻螞蟻被妳捏死，牠自己知不知道怎麼死的？不知道。牠只知道桌上有甜味便湊了過來，牠如果不湊過來也死不了對不對？好。那甜味哪裡來？甜味是妳兒子昨天喝飲料時滴在桌上惹來的，他為什麼買飲料？因為他前一天看到了那個飲料的電視廣告。誰把那支廣告拍得那麼有趣讓人看了就想買？一個才華洋溢的導演。這導演從哪裡冒出來的？某大學的電影系。這大學是誰創辦的？一個早期開布店，後來在迪化街賺到大錢，投資多項事業變成工商鉅子的歐吉桑。所以，我們到這裡可以下個結論，如果五十年前這歐吉桑開布店失敗，倒了店，今天這隻螞蟻就不會死……可不可以這樣說呢？有誰可以看到那麼遠的因果呢？」

氣氛好像變得越來越神秘，原來很多事情不是一翻兩瞪眼那麼簡單明瞭就可以解釋的，它必須一路鑽一路轉，山窮水盡疑無路，柳暗花明又一村，代誌不是你們憨人所想的那麼簡單的啦。

「這道理不是只有我講，外國有很多科學家也這麼說！聽過『蝴蝶效應』嗎？一隻蝴蝶在北京上空拍了一下翅膀，十年後在紐約引發一場人風雪。好像很玄，其實一點也不，這不就跟我們說的撞球一樣，只不過它這個撞那個，那個又撞那個，撞到十萬八千里那麼遠，大家便都看不懂了。這些阿凸仔講什麼蝴蝶效應，那道理我們老祖宗早講透了。」

胖太太覺得來對了地方，你的論述多了一些洋玩意兒的參考比較，好像又增加了幾分說服力。看病要對症下藥，你論述的結構可以幫助胖太太在命運的紅綠燈前迅速找到自己問題的座標。既然世間事是如此這般的環環相扣，那麼在這浩瀚蒼茫的宇宙，無窮無盡的時間裡，我們究竟從哪裡來？要往何處去呢？翻成白話文就是說，我那死老公到底要折磨我到什麼時候才會罷休呢？

你當然是用一個簡直就像月亮那麼高的宏觀格局來描述、分析、預測這位瀕臨崩潰的胖太太的命運。你要告訴她，這一切的一切，這所有她面臨的悲苦的一切，絕對不只是用「因為一個好色的老公在外頭看到了幾個讓他口水流不停的女人」這種簡單的理由就能說得通的。命運是何等複雜，要不從頭說起，只能見樹而不見林，豈不像洗頭只洗了一半，那會是多麼難堪的模樣呢？

於是你對胖太太的命運做了一個三百六十度視野的先天綜合描述：「妳們一家四口來自東西南北……」你說的是前世，一個幽深莫測跟隧道一樣往往讓人心生恐懼的領域。「妳前世是南太平洋裡的鯨魚……老公的前世是一隻梅花鹿……」你看著桌上畫了越來越多線條的紙，像思考一道難解的數學習題般停了整整一分鐘後繼續說：「兒子的前世是列名清朝故宮最後一批錄取榜單上的太監……女兒則是法國波爾多地區吉宏河左岸一家豪華酒莊老闆的女兒……」胖太太聽完都傻了眼，怎麼她家人口的命運就特別複雜？又是魚又是太監的，而且來自四面八方華洋通吃，幾世輪迴後到了二十世紀居然就全在她家撞成一團了。

「這是怎麼回事？」胖太太的表情好像剛發現家裡遭小偷，面對著被掀得亂七八糟的臥室一臉茫然不知如何是好的樣子。你知道這種跨越了物種與時空的描述一時之間難以讓人家接受。你必須在裡頭再多呈現一些邏輯上的合理性，最好加一些專有名詞，胖太太唸過五專，聽得進去的。以前你在大學唸哲學系時不就常這樣虛張聲勢地嚇唬人嗎？「你這說法犯了一個兩個中詞的謬誤……」，什麼跟什麼你其實也搞不清楚。

於是你說：「這就是一種『基於必然的偶然性』，也就是說，如果從眼前看，你們一家四口各有不一樣的前世，會出現在一個家庭是偶然的。就像幾輛車忽然在某個十字路口撞成一團，碰一聲就撞上了，故意的嗎？當然不是。就是那麼巧，我的疏忽加上你的不小心再加上他的不專心，就撞上啦！這說起來是偶然對不對？可是，可是，可是，如果倒帶回去把距離拉遠，要是在那之前我早點轉彎，你慢點出門，他多踩兩次油門，那三個人就會錯開，就不會在十字路口撞成一團了。可是我們都沒這樣做，所以在撞上之前，我們已經踩在必然撞上的命運路途上了。這就是我說的『基於必然的偶然性』，這樣說妳聽懂了嗎？」

你昏暗的房間似乎陷在一個蒼茫的宇宙當中，胖太太低頭不語，她是聽到頭暈還是開始感覺到人類的渺小？渺小到連千萬分之一的螞蟻都比不上。如你所說，一場車禍壓根兒是在幾個路口前便已決定，那我們在層層相扣的命運鎖鏈中算是什麼玩意兒呢？

你給了困惑的胖太太一個答案：「我們不過就是一個布袋戲尪仔。雲州大儒俠史豔文知道吧？他不是很厲害嗎？誰很厲害？耍他的人很厲害啦，要他跑就跑，跳就跳，沒事放個屁也可以。我們跟史豔文一樣，都只是布袋戲尪仔啦，都是活著給老天爺耍的啦。可是，重點在這裡！妳不要以為這樣很可憐喔，我告訴妳，有機會被耍的人其實就是幸福的人，就像生病吃藥一樣，吃藥的人都要知道感恩，有藥吃的人都是幸福的人，因為如果沒藥吃不就死了。這樣說妳懂吧？而如果完全不知道自己被耍尪仔，還每天活得好好的人就更幸福了，以前臺灣戒嚴時不是有很多這種人嗎？至於那些不但被耍，還被耍得很爽的人，就像被賣了還幫人家數鈔票那樣，那簡直就是一種頂級的人生境界啊。」你說完後臉上露出一絲絲笑意，看起來好像在暗示著什麼，唉！你這鐵口直斷的算命師到底是耍人的還是被人耍的呢？胖太太看著你的笑容是越聽越困惑了。到目前為止，你龐大的論述似乎打算告訴她，其實她的際遇還不算差，只要能夠調整一下心態，珍惜每一件掉到我們身上的事，知福惜福，呷苦當做呷補，我們就會是一個快樂的布袋戲尪仔。

「世間事只要弄清楚前因後果，都沒有什麼好怨嘆的。」這下講到重點了，接下來你要針對胖太太多情老公的前世，也就是那隻每天在山林裡奔跑的梅花鹿做一番描述，讓她知道這其中的恩怨曲折。一隻梅花鹿為什麼會變成她老公，而變成她老公的這隻梅花鹿又從前生帶來了怎樣令人討厭的壞習性呢？

「梅花鹿是一種一夫多妻的動物，這並不希奇，很多動物都是如此。」你劈頭先將胖太太老公的前世給定了調：一夫多妻。以現在的話來說差不多就是「性好漁色」的一個比較學術性的說法，這一定調立刻讓胖太太有了一個自我安慰的空間。

梅花鹿的這項特質一旦和你的布袋戲尪仔理論以及胖太太老公不斷偷腥的事實結合在一起，事情馬上就變得跟牛頓的萬有引力一樣地自然。「誰叫他上輩子是隻一夫多妻的梅花鹿呢？誰叫我們都是無可奈何的布袋戲尪仔呢？」胖太太的心裡必定是這樣既歡喜卻又不願承認地嘀咕著。她今天的這一趟發現命運之旅開始有了積極的意義。很多事情之所以會令我們痛苦，是因為我們找不到一個可以說服自己的理由來解釋它，說老公是「一隻活蹦亂跳的梅花鹿」是一個帶了點幽默感的說法，胖太太還挺喜歡的。

「像這種轉世最重要的一點是修行要夠，否則的話，前生習性會帶到今世來。斷得不乾不淨，有轉像沒轉。」你臉上很自然浮現出一絲神秘的感覺，然後舉了一個聽起來有點搞笑的例子：「譬如，一條蛇要修成人形需要一千年，可是八百年的時候牠就已經耐不住性子，這下好，就算投胎投成了，牠變成人形後，走起路來一定跟蛇一樣歪七扭八的……」

這比喻生動親切地說明了胖太太老公所有罪惡的源頭，原來就是因為修行不夠才會有今天如此不堪的行徑。胖太太心裡嘆了一口氣，既然是前世因果，那就隨他去吧，不跟他計較那麼多了。你這時又意味深長地加了一句：「其實我們都是修行不足之人啊。」胖太太聽了心頭一震，我咧，她想到你先前說她前世是一頭鯨魚，一頭修行不足的鯨魚這輩子就變成她現在這副德行了嗎？啊，真是一語驚醒夢中人，胖太太心想那從今以後就不要再為身上這逼近百公斤的贅肉而自卑了。可不？一切要怪就怪上輩子那隻懶惰不知精進的抹香鯨，留了百公斤的業障要她揹，真是阿彌陀佛。

你站起來活動了一下筋骨，胖太太的神情比剛進來時要顯得輕鬆愉快許多，在你兼具宏觀與微觀的精心描述下，她已經了解到在命運交織的座標上，人的重量可能比不過一根輕飄飄的羽毛。過了一會兒你坐回椅子，要為今天的談話做個總結，你要說的就是一種蒼茫的感覺：「有因必有果，有果必有因，想想看，既然有前世，那前世的前世是什麼？前世的前世的前世又是什麼？宇宙那麼大，靈魂那麼多，妳們一家四口億萬年前都在哪裡？那些魂在浩瀚的時空中一路奔跑一路修一路轉，到了二十世紀全撞進妳家，以後又不知道要往哪裡飛！渺小啊！真是渺小啊！我們真是比一粒灰塵還渺小啊……」

胖太太聽了之後不知道又想到什麼，她抬起手用手背拭了一下眼角的淚水，不久站起來說了一聲謝謝，留下一個看起來沉甸甸的紅包後，便安靜地走出房子，把你留在昏暗的客廳裡。

捕手

她將波卡洋芋片的袋口摺起來壓在桌上，表示不吃了，至少暫時不吃了。這樣一片接一片，罪惡感如影隨形，像張愛玲說的「惘惘的威脅」，會讓自己覺得比酒鬼更不知節制更墮落，再下去連狗都嫌。不過這麼理性的時光不會持續太久，只要眼前電視機裡的球賽稍稍緊繃，那摺疊起來的袋口便會自動開啟，一片片的洋芋片會再次像倦鳥歸巢般地飛回到她濕潤溫暖的嘴巴中。她用這種神經兮兮的方式表達對趙彬的全力相挺，發乎情止乎禮，蠻好的。

畫面下方蹲在本壘板後面的壯碩身影就是趙彬，今天是全國大專杯冠軍賽，趙彬叫她到球場看球，她說明天有篇作業非交不可，不交的話會有火山爆發大海嘯，「這樣吧，我在家看轉播。」她說。這樣就可以邊看球賽邊寫作業，作業已經快寫完，這回寫一篇短篇小說，一個虛構的鄭成功時代的歷史小說，再補個幾百字就好了。「誰叫你們棒球每次要打那麼久？」她抬頭看著趙彬線條分明的臉龐說話，像貓咪撒嬌。趙彬打球的樣子很好看，只可惜捕手老是戴著一個護盔，像個來路不明的太空人，喜怒哀樂不形於色。可她懂他，不需要看五官，單看身體動作便足以知道他護盔下的表情，不管是焦慮的、竊笑的、無奈的、狂喜的……，她通通懂。

趙彬站起來，一身忍者龜裝扮往投手丘小跑步過去，阿順不知道哪根筋給老鼠咬了，剛剛連丟三個大壞球，趙彬過去安撫，他會跟阿順說什麼？「這棵青仔叢很垃圾啦！他家上個月火燒厝，昨天吃芭樂又瀉肚，運氣壞到要給鬼抓，安啦，他已經三個月沒打到球了，你怕他什麼？我阿嬤今年九十歲，伊甲我講……」，哎！不會啦！趙彬不會講這種無厘頭的話啦！他會用一切盡在不言中的眼神為阿順注射高劑量維他命，然後拍拍他肩膀，那樣的效果就不輸達賴喇嘛加持了。果然，在阿順接下來連飆兩個好球之後，對方這位已然毛躁起來的打者對著一顆逸出軌道的大壞球猛揮一棒，三振出局，七局下半結束，對方留下一二壘殘壘，阿順拎著手套一身冷汗走回休息區，趙彬也取下護盔往回走。她在看到他眼睛的剎那間有個感覺：趙彬知道這場球他們會輸！他是捕手，一個比其他守備位置都狡猾的角色，這個角色可以預測球賽，漫長的球賽像條河，有人就是知道這河會往哪裡流，趙彬是捕手，一個蹲在本壘後方，洞悉一切，如上帝一般可以預知全局的先知捕手，「一個很好的捕手⋯⋯」她在嘴巴殘留的鹹酥味道中不經意地喃喃自語了起來。

廣告時她看了一下桌上筆電螢幕裡的作業：「⋯⋯兩公尺高的揆一身穿軍裝坐在書桌前像個被卸下來的七爺神偶，他一動也不動，但他的耳朵一直注意聽著外頭吵雜的聲音，有人修補城牆，有人搬運器材，有人裝填砲彈，有人磨刀霍霍，吆喝聲此起彼落，這是戰爭的聲音，是已經持續了快一年的戰爭的聲音。龐大的鄭家軍隊兵臨城下，從鹿耳門一路快速殺到熱蘭遮城，揆一麾下華倫坦和貝德爾的陸軍，還有巴圭亞中校率領的赫拉托號、格裡弗蘭號、白鷺號、瑪麗亞號海軍，全都像老鷹抓小雞似地被這位來自中國東南海域的中日混血男子擊潰了。巴達維亞那邊對這裡的狀況毫無所悉，他們以為揆一是個杞人憂天的軟弱總督，天曉得熱蘭遮城已整整被圍困了九個月，就在前天，鄭家軍隊用從金門和廈門調來的大砲，一天之內發射了兩千五百發砲彈，把城後方的烏特勒支碉堡炸得稀巴爛，揆一對這一切瞭然於胸，雖坐著不動卻已經預先看到了完整的未來，這是一場一去不回的敗戰……」

她微笑了一下，把頭抬起來繼續看電視，最後一個廣告剛播完，瑤瑤在賣白馬馬力夯，說：「我要你睡。」之後，畫面切回現場，卻已慢了一秒，張廣仲剛剛打出一個強勁無比的滾地球，像是要穿透地表似地往前猛竄，可惜有勇無謀，那球硬是往游擊手的胯下鑽，被人家看都沒看就接個正著，快傳一壘封殺，一出局，下一個打者是趙彬。

她握緊拳頭，嘴巴輕呼一聲「耶！」，這下可以看清楚趙彬的臉了。哎，他的臉就是好看，很man，很大方，很不囉嗦。她發現他在打擊區裡站得很前面，幾乎都要擋在捕手前面了，這動作讓她會心一笑，在挑釁耶，不認輸喔，明知會敗也不放棄，這樣死纏活纏的拼勁才真叫做性感。她知道趙彬擺明著要壓縮投手的空間，怎麼樣？我用身體跟你賭，別的沒有，要命一條，這就對了！她忍不住讚嘆起來，順手又將洋芋片的袋口打開抓了一把，喀滋喀滋地嚼得很帶勁。

接下來趙彬連續打了六個引起一陣陣驚呼的界外球，比賽陷入棒球賽中常見的冗長僵局中。這場球在賽前大家認為她們學校是會贏的，至少前三局如此。趙彬也這樣想嗎？還是他老早就看到了潰敗的跡象？其實到現在也還沒輸呀！她想。不是三比三打平嗎？才打完七局，為什麼趙彬會露出這種悲壯的必敗神情？別人看不懂他那樣子，她懂，她是他的女人。

等了兩個壞球之後，趙彬抓住一個朝正中央疾飛而來的快速球猛力揮棒。這是對決，對方投手將小白球大剌剌、明明白白地往好球帶丟，不閃，不躲，不彎曲，不下墜，球就在這裡，速度就是這麼猛，就看你怎麼打。

打出去了！她看著趙彬打出去的高飛球忍不住站了起來，趙彬往一壘跑，邊跑邊側過頭看，是全壘打嗎？是全壘打吧！她大聲叫著「全壘打！全壘打！」。別激動，全壘打跟高飛必死球就住隔壁，要再過好幾秒才知生死，中外野手已經退到牆邊，小白球繼續往前奔，快了，快了，要過牆了，要超前了，要贏了。忽然，在滿場分不清敵我的吶喊聲中，只見一個俐落的身影躍起，啊！那隨意在空中捕撈的手套竟像裝了磁鐵般，將就要達陣的小白球往裡頭吸，抓到了！喔，狗屎！中外野手躍起的身影落下後高高舉起驕傲的手套，像斬了敵軍的首級那樣興奮地炫耀著。

她覺得好無趣，這世界為什麼儘往自己不喜歡的方向走？每一個曾經在敗戰中聲嘶力竭的球迷，都應該深刻體會過，在一場無法逆轉的球賽中，這一個個神經兮兮唸唸有詞的人是多麼地可笑和渺小。這世界向來是時勢造英雄，而不是英雄造時勢，可大家喜歡把這事倒過來看，好像人類會因此變得比較偉大。我的英雄趙彬，她想，他能造時勢嗎？

一整包洋芋片吃光了，可口可樂還剩半瓶，趙彬這打到全壘打牆邊的一球都被硬生生沒收，剩下一個打席恐怕也難有指望，果然蔡小頭不分青紅皂白揮揮揮連揮三棒，像搞笑的NG鏡頭連續重播三次那樣，瞬間就讓自己給三振掉了。

真是沒搞頭！她低下頭繼續看作業，下午沒寫完，晚上就沒辦法跟趙彬去吃火鍋，人生立刻少了一大把樂趣。東東老師要她們寫歷史小說時「把自己放進去」，呵呵，把自己放進去不就跟趙彬水乳交融了嗎？這樣你儂我儂，寫出來的歷史究竟是誰的歷史呢？

「揆一的腦裡浮現二十年前他離開瑞典來到荷蘭東印度公司，不久奉派到巴達維亞城的點點滴滴。那一路搖晃不已的船艦沿著非洲西岸前進，繞過好望角，進入一望無際的印度洋。他閉上眼睛便彷彿又看到當年那些毒辣的陽光、晃動的藍色海洋、四處飛翔的海鷗、疲憊的水兵、沾了嘔吐穢物的甲板、船艙裡零亂擺放的葡萄酒和一包包的乾糧。那是一個偉大的航海時代，每一個胸懷大志的男人都應該遠遠、遠遠地離開自己的家鄉，到一個真正不知名的地方，做一番會讓自己尊敬的事業。

福爾摩沙是個美麗的島嶼，揆一記得他來到這裡的第一天，站在熱蘭遮的城牆上，看著牆外一片廣袤的土地，心想，我們終將在這裡建設一個理想的國度，有富庶的物產、靈活的商業、健全的法律，甚至為這裡注入來自歐洲的基督新教思想。可這真是一個艱難的過程，我們終究不屬於這裡，亞洲人的語言、思想、態度都和歐洲隔了好幾片汪洋大海那麼遠，鄭家的海上部隊又是如此強大，祖國在這裡勢單力薄，光靠巴達維亞那批人根本成不了氣候，他們要打這裡，簡直就像老鷹抓小雞……」

「『老鷹抓小雞』？」她看到這裡覺得好笑，荷蘭人知道什麼叫做老鷹抓小雞嗎？這算不算東東老師講的「把自己放進去」？昨天就是寫到這裡便停了，繼續寫完吧。八局下，趙彬又要上場了，她忽然發現她必須同時關心兩個男人的命運，一古一今，一個在筆電的小螢幕裡，一個在東元電視的大螢幕裡。這表示什麼嗎？

趙彬壯碩的身子緩緩蹲下，慢動作似的，是錯覺嗎？趙彬用緩慢移動的身體在思索，（「揆一站起來走到窗邊輕輕嘆了一口氣，戰爭即將結束，他就要成為一位敗軍之將，這個時候他心裡有幾封信想寫，給遠方的媽媽，遠方的兒子，甚至想寫一封給村子裡留了一道八字鬍的牧師。信上談什麼呢？談人生，談渺渺茫茫的人生，談宇宙在冥冥之中一股龐大的操控力量，談上帝，談自由意志……」）她邊打字邊看著電視螢幕，忽然連她也有預感了。沒錯，這一局會決定今天比賽的結果。山雨欲來風滿樓，濕潤的空氣已經為大地帶來了豐富的訊息。趙彬接住阿順丟出的第一個球之後，抓著球的手套懸在半空中不動，頭微往右傾，她知道這表示疑惑，阿順的投球毫無問題是往下走了，趙彬心裡肯定在問：「是怎樣啊？」他接下來緩緩站起，往站在欄杆後邊（也就是靠近廁所，聞得到一點尿騷味的那邊）的教練看，教練看到了嗎？（「揆一此時心情比這輩子的任何時刻都篤定，他看過鄭家軍隊寫給執事鄂易度的『哀的美敦書』，呵！真是文情並茂啊，誰幫他寫的？這海盜會寫文章嗎？……『戰敗而和，古有明訓，臨事不斷，智者所譏，貴國人民遠渡重洋，經營臺島……然臺灣者，中國之土地也……』，揆一在充滿煙硝氣味的空氣中眨了眨眼睛，把這一切都當做是上帝的旨意吧！他這一想倒覺得篤定。人畢竟那麼渺小，這塊土地該是誰的，就是誰的吧。」）

教練沒換投手！他跟趙彬站在不同位置，看到不同的梗，你覺得肉麻，他覺得有趣，誰看的對呢？球場上瞬息萬變，總之在他教練老爺還沒痛下決心把阿順從投手丘攆下來之前，對方已經轟隆隆打了兩支比大理石還結棍的安打，分佔一三壘，唉！這款教練簡直就是亡國之君嘛！她忍不住罵了起來，可是奇怪得很，她這麼一來心裡倒覺得輕鬆，看著螢幕裡的趙彬，腦裡輕輕響起一首很老很老的西洋歌，Carole King唱過的you've got a friend：「當你倒楣的時候，你需要一些愛與關懷……」，啊，這不就是要唱給趙彬聽的歌！她懂了，一切其實都非常自然，棒球跟我們的宇宙一樣，該怎樣就怎樣，該贏的就會贏，該輸的就會輸，不要妄想改變自然，改變歷史，我們只能蹲在事件殘留的軌跡旁嘆息，像兩個深夜未歸的醉酒人般拍拍肩膀互相打氣，喔趙彬！她心裡輕喊了一聲，我樂當你忠誠的愛人，陪你親見賽局的覆亡。

稍後，她在主播高亢的叫喊聲中看見一顆小白球彷彿長了翅膀般往遠遠的外野飛。結束了，輸了，這一球會幫對方打下三分打點，她知道，雖然球還在飛，雖然還有第九局要打，但是她知道，比賽，已經，結束了。那好吧，趕快寫完這篇作業，讓也嚐到敗戰滋味的揆一儘速消失在茫茫的歷史大海中，然後她要洗個澡，把自己弄得香噴噴，晚上快快樂樂和趙彬一起去吃火鍋，至於球賽的點點滴滴，就八輩子都不再管它了。

二魚文化　文學花園 C066

晾著

作者　林宜澐
責任編輯　邱燕淇
校對　邱燕淇
封面設計　林穎得

出版者　二魚文化事業有限公司
發行人　謝秀麗
社址　106臺北市羅斯福路三段245號9樓之2
網址：www.2-fishes.com
電話：（02）23699022　傳真：（02）23698725
郵政劃撥帳號 19625599
劃撥戶名　二魚文化事業有限公司

法律顧問　林鈺雄律師事務所

總經銷　大和書報圖書股份有限公司
電話：（02）8990-2588　傳真：（02）2290-1658

初版一刷　二〇一〇年一月
定　價　二八〇元
ISBN　978-986-6490-29-3

題字篆印　李蕭錕

國家圖書館出版品預行編目資料

晾著 林宜澐 著；-- 初版.-- 臺北市：
二魚文化，2010.01〔民99〕面；　公
分. --（文學花園 C 066）
ISBN／987-986-6490-29-3

1.文集
848.6　　　　99001010